병원의 사생활

병원의 사생활

김정욱

수술대 위에서 기록한
신경외과 의사의 그림일기

글항아리

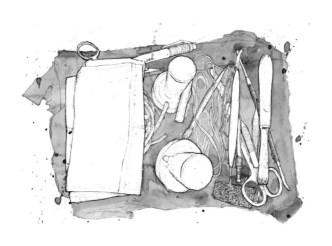

내가 나를 믿기도 전에
나를 믿어주신
김경숙 여사님께 이 책을 바칩니다

1000일의 기록

저는 머리말을 먼저 읽지 않는 독자였습니다. 책을 읽어보고 마음에 들면 다시 앞으로 돌아가 머리말을 봤습니다. 부디 저와 비슷한 습성의 독자들이 이 책을 읽고 나면 왼쪽 페이지들을 넘겨 머리말로 되돌아가야 할 텐데요. 그런 마음으로 에필로그 같은 프롤로그를 써봅니다.

의대가 6년제인 것은 많은 사람이 알 겁니다. 시험과 잠깐의 휴식이 반복되는 길고 지루한 나날을 보내고 나면 국가고시를 치릅니다. 이 시험에 통과하면 그제야 학생이 아닌 의사가 되는 것이죠. 그렇지만 의대를 갓 졸업한, 경험이 일천한 의사를 써줄 곳은 많지 않습니다. 그래서 새내기 의사 대부분은 교육병원에 인턴으로 입사합니다. 1년간 각 과를 돌면서 일하는 것입니다. 1년이 마무리될 시점에 원하는 과 레지던트에 지원하게 되죠. 중복 지원이 불가하기에 신중하게 선택해야 합니다. 그러고 보니 한 해 동안 일하며 평가받고 마지막에 당락이 결정되는 것은 일반 회사의 인턴과도 비슷하네요. 막상 일해보니 다른 생각이 들어서일까요. 애초 원했던 과에 들어가는 이도 있지만, 전혀 생각지도 못한 과에 지원하게 되는 사람도 있습니다. 그렇게 레지던트에 합격하면 4년간 전공의로서 험난한 길을 걷게 됩니다. 그 길 끝에는 전문의가 되는 시험이 기다리고 있지요. 대개 20대에서 30대 사이, 인생의 중요한 시기를 전공의로 보내게 되므로, 마치 신생아나 학교에 처음 들어간 소아처럼 전공의들은 성장하고 변하며 굳어져갑니다.

저는 신경외과 전공의입니다. 그리고 곧 전문의 시험을 앞두고 있는, 이를테면 말년 병장 전공의 4년차입니다. 신경외과 Neurosurgery, NS 하면 산전수전을 다 겪는 과, Night Surgeon 밤에도 수술하는 의사, 모 다큐멘터리에서 극한의 직업 10군에 포함시킨 과, 수료하고 나면 작두를 타듯 환자 이름만 보고도 질병을 맞히는 의사가 되는 과 등등 고생과 또 그에 따르는 실력을 치하하는 수식어가 잔뜩 따라붙습니다. 이 과의 졸업을 앞두고 있지만 사실 저는 아직 병원 밖 세상의 무서움을 모르는 머리 새파란 의사입니다. 이 책은 그런 의사가 병원에서 보낸 시간을 고스란히 담은 기록의 모음입니다. 부족한 글재주 탓에 병원에서 벌어지는 일들을 한 편의 드라마처럼 보여드릴 순 없습니다만, 대신 이 책을 읽는 여러분은 고스란히 제가 되어 지난 4년간 보고 겪고 깨닫고 후회한 일들을 함께 하게 될 것입니다.

일주일에 퇴근을 몇 번 하지 못하는 직업이기에, 그림을 그릴 때도 글을 쓸 때도 자투리 시간을 활용했습니다. 토요일 근무를 마치고 퇴근할 때 주섬주섬 드로잉 노트와 필통을 들고 나서면 피로하긴 해도 기분은 좋았습니다. 이런 게 취미라고 한다면 저는 글 쓰고 그림 그리는 게 취미인 셈입니다. 틈틈이 환자를 '마주'하면서 들고 다니는 작은 노트에 인상 깊었던 부분을 기록합니다. (여담이지만 저는 마주한다는 표현을 좋아합니다. 의사는 환자를 관찰하지만 환자 역시 그 순간 의사의 면면을 바라보며 느낀다고 생각하기 때문이지요.) 그 노트를 바탕삼아 때로는 기숙사 방에서, 때로는 카페나 이동 중인 기차 안에서 드로잉 노트에 그림을 그리고 글을 썼습니다.

1000일이 넘는 날을 일흔 개 남짓의 기록으로 남겼다면 그게 얼마나 부실하고 불연속적이겠습니까. 게다가 4년 치를 한곳에 모아놓고 보니 그림도 변하고 글 쓰는 법도 달라진 게 느껴집니다. 둘 다 정식으로 배워본 적이 없기에 더 그런 것 같습니다. 어쩌면 변하는 자신의 모습을 제 스스로 알아차리기 전에 독자분들이 느끼실 거라 생각합니다. 성장이 따라오지 못하는 변화는 그 남은 부분을 부끄러움이 채우게 되지만, 부디 독자분들이 그 부끄러움 사이에서 성장하려고 발버둥치는 전공의의 모습을 발견할 수 있었으면 합니다.

회사에서, 직장에서, 일터에서 땀 흘리며 욕먹고, 잘하고 싶지만 잘 안 되고, 왜 육체노동에 감정노동까지 해야 하는지 도무지 모르겠는 청춘. 취직했다고 동네방네 자랑하고 다니는 엄마에겐 좋은 딸이고 아들이지만 회사에서는 구박받고 서러운 존재인 많은 청춘과 마찬가지로 젊은 전공의들도 일터만 병원일 뿐 별다르지 않은 삶을 살고 있다는 걸 보여드리고 싶었습니다. 그리고 (그러지 않으면 가장 좋겠지만) 혹시라도 병원을 방문하게 된다면 눈앞에 있는 전공의가 이 책의 저자와 같은 삶을 살고 있음을 한번 떠올려보셨으면, 그래서 병원과 의사에 대한 시선이 조금은 달라졌으면 하는 바람입니다.

처음 그림일기를 쓸 때 구상한 제목은 '병원항해일지'였습니다. 넓은 바다에서 보이지 않는 항로를 찾는 중 풍랑을 만나면서 때로는 스스로에 대한 의심으로 가득 차고 때로는 등으로 뜨거운 햇볕을 받으며 앞으로 나아가는 그런 초보 항해사의 모습에 저를 투영시켰거든요. 그런데 글을 모아놓고 보니 여기엔 제 이야기만 담긴 게 아니라 병원이란 세계에서 만난 모든 이의 삶이 담겨 있었습니다. 의국에서 같이 잠들고 깨는 인턴과 레지던트들도 그렇지만, 무엇보다 환자 한 분 한 분의 삶이 이 책의 거대한 부분을 이룹니다. 그래서 '병원의 사생활'이란 제목을 달게 됐죠. 부족한 글을 읽어주실 독자 여러분에게 미리 감사의 말을 전합니다.

그리고 하나 더. 항해 일지를 출간하는 어리석은 출판사는 없습니다. 재미가 없을뿐더러 보편적인 감성을 끌어내는 글도 아니기 때문이죠. 이런 부족한 글과 그림을 많은 사람과 만나게 해주신 글항아리 식구들, 그리고 출간 전 제 그림일기를 읽어보고 격려를 아끼지 않으신 남궁인, 이종범 작가님께 감사의 말을 전합니다.

제가 본 외국의 멋진 작가들은 이런 글 마지막에 '몇 월 며칠 어느 휴양지에서'라고 마무리하던데 저는 아직 병원입니다. 글 쓸 여유가 주어진 것만도 감사하며 프롤로그를 마칩니다. 그럼, 시작하겠습니다.

제1부

벌거벗은 자와
살아남은 자

당신이 그런 종양을 갖고 있습니다

머리가 아파 찾은 병원에서 우연히 발견된 뇌종양. 그것도 머리의
아주 중요한 부분 가까이에 있어 조금만 더 커지거나 악성 화학물

질을 내뿜을 경우 급사할 가능성도 있는 상황. "당신이 그런 종양을 갖고 있습니다"라는 말을 의식이 멀쩡한 사람에게 한다는 것은 참으로 가혹하다.

"수술하셔야 합니다. 안 그러면 돌아가실 수도 있어요."

듣는 환자에겐 두려움보다 황당함이 앞설지 모른다. 수술 동의서를 들이밀었지만 사실 이게 어디 동의서인가. 목숨을 담보로 하는 서약서지. 수술의 선택은 여러 종류의 치약 중 하나를 고르는 것 따위에 비길 수 없다. 그럼에도 큰 이견 없이 보호자들은 종이

에 이름, 환자와의 관계, 그것도 모자라 자신이 사는 곳까지 기입한다. 치약은 잘못 골라봤자 맛이 다를 뿐이지만 수술은 생사를 가른다.

걱정과 불안을 함께 실은 채 수술방 안으로 환자의 침대가 들어왔고, 몇 시간의 사투 끝에 수술은 무사히 끝났다. 여기서 '무사無事'의 뜻은 환자가 수술방 테이블 위에서 숨을 거두거나, 심장이 멎거나, 눈을 뜨지 못하는 일 없이 수술방 문간을 침대째로 다시 넘는 것을 말한다.

환자는 무사했지만, 안타깝게도 환자의 한쪽 눈은 그렇지 못했다. 종양 주변부에 있던, 눈꺼풀을 올려주고 눈알을 움직이게 하는 신경이 종양을 제거하는 와중에 손상을 입었다. 이미 설명드렸고, 어느 정도는 예견되었던 수술 후 합병증이다. 불행히도 종양은 안구운동신경ocular motor nerve과 너무 가까이 있었다. 그러나 예견했다고 해서 문제가 문제가 아닌 게 되진 않는다. 환자에게도, 그리고 의사에게도. 그래서 문제를 해결해줄 방법을 이리저리 찾아본다. 약도 쓰고 재활도 해보지만 쉬이 좋아지지 않는다.

그래도 아저씨는 아침 회진을 갈 때면 연신 감사하다고 웃는다. 자세히 보면 처지지 않은 다른 쪽 눈은 웃고 있다. 꼬리가 처진 눈이 꾸중같이 보여 영 불편하지만, 그래도 웃고 있는 한쪽 눈 덕에 마음을 좀 편다.

　암도 낫고 눈도 얼른 나으세요. 쾌차를 기원합니다.

우리 엄마 이제 어떻게 되나요?

베르나르 베르베르의 책 『아버지들의 아버지』에서는 인간을 향한 궁극적인 세 가지 질문이 독자들에게 던져진다. '인간은 어디에서 왔고 누구이며 어디로 가는가.' 이 세 질문에 대한 답을 얻기 위해 책 속 인물들은 저마다 치열한 암투와 계략을 펼친다. 그런데 병원에 온 환자의 상태를 궁금해하는 보호자들의 질문도 이와 비슷하다. '이 망할 놈의 병이 왜 생겼고, 병명은 대체 무엇이며, 앞으로 환자는 어떻게 되겠습니까?'

결코 잠잠하지 않았던 한 주의 끝자락에 또 한 명의 응급 환자가 실려왔다. 침대에 누워 있는 60대 아주머니는 의식을 잃은 채 마비된 반신을 억지로 움직이려고 온몸에 힘을 주고 있었다. 그녀는 혼탁한 의식 탓에 이곳이 병원인지 집인지조차 분간하지 못했다. 수축기 혈압은 200. 집에서 가족들과 TV를 보던 중 갑자기 의식을 잃고 쓰러졌다고 했다. 아무래도 뇌출혈 환자일 가능성이 높았다. 즉시 두부 CT를 시행했더니 환자 뇌 속에 하얀 반점이 보였다. 자발성 뇌출혈Spontaneous ICH이다. 환자 상태를 체크한 뒤 응급실 모니터에서 CT를 보고 있는데 어느새 걱정 가득한 보호자들이 내 뒤로 죽 서 있었다.

환자 상태를 체크하는 것이 1쿼터라면, 그것과 CT 소견을 가지고 당직 교수님과 함께 환자의 치료 계획을 논하는 게 2쿼터다. 이제 그 결과를 가지고 보호자들에게 설명해야 하는 3쿼터. 의자에서 일어나 보호자들과 마주한다.

"뇌출혈입니다."

"네?"

조용히 나를 바라보는 수십 개의 눈동자 앞에서 입을 뗀다. 이 순간부터 보호자들은 환자의 상태보다 병명에 더 큰 공포를 느끼기 시작한다. '누구누구가 뇌출혈로 죽었대'처럼 남 얘기이기만 했던 게 지금 내 눈앞에, 내 가족에게 닥친 것이다. 뜸을 좀 들였다가 더 상세히 설명한다.

"출혈에는 크게 외상에 의한 출혈과 자발성 출혈이 있는데, 어머님은 후자입니다. 당장 수술해야 할 것은 아니나, 위치가 좋지 못합니다."

한탄과 염려의 숨소리가 새어나온 뒤 이번엔 저쪽에서 질문을 던진다.

"우리 엄마 이때껏 병원 한번 온 적 없고 건강하셨는데, 왜 이런 게 생기나요?"

"안타깝지만 누구에게나 일어날 수 있는 일입니다. 뇌출혈 위험을 높이는 원인은 여러 가지인데, 직접적인 원인은 알 수 없습니다."

신장 질환으로 수십 년간 투석하며 살도 눈빛도 푸석푸석하게 변해버린 노인 환자에서부터 헬스 트레이너로 이제 막 사회에 발을 뗀 20대 후반의 청년까지, 심지어 유치원에서 뛰놀던 다섯 살 아이에게도 뇌출혈은 대상을 가리지 않고 찾아온다. 이미 벌어진 일 앞에서 보호자들이 병의 원인을 묻는 까닭은 무엇일까? 이 두렵고 가혹한 상황에서 보호자들은 본인의 과오를 찾으려 한다. 엄마의 높은 혈압을 조절해드리지 못한 자식이, 며칠 전부터 머리가 아프다고 한 남편을 설득해서 병원에 데리고 오지 못한 부인이, 건강 검진을 같이 가자 하지 않았던 동생이 스스로를 비난하는 것이다.

나약한 보호자들이 자책하는 일이 없도록 의사는 이 순간 설명을 매우 조심스럽게 해야 한다. 뇌출혈은 갑작스레 발생하며, (대개) 사전에 발견할 수 없고, 누구에게나 나타날 수 있다. 보호자를 탓할 게 아니다.

원인과 현재 상태를 설명하고 나면 이제 3쿼터의 마지막이다.

"우리 엄마 이제 어떻게 되나요?"

이 질문에 대답하는 데 꼬박 2년의 시간이 걸렸다. '선생님이 괜찮을 거라고 했잖아요. 엄마가 왜 이렇게 됐나요'라는 질타를 피하려면 무서운 말만 골라서 하는 '응급실의 도깨비'가 될 수밖에 없지만, 그렇다고 의식을 잃고 헤매는 환자 앞에서 좌절한 보호자를 또다시 절망에 빠뜨리고 싶지는 않았다. 그런데 정말 어려운 것이, 함께 최선을 다해봅시다라고 말하기엔 뇌신경 손상은 다른 장기에 비해 회복이 몹시 더디고, 심지어 영구적으로 회복되지 못할 결과를 초래한다는 점이다. 의식이 온전히 돌아오지 않은 채 침대에 누워 살아가는 신경외과 환자들이 자꾸 떠올랐다. 안 좋은 말만 해서 울린 보호자들을, 곧 회복될 거라고 안심시켰지만 그날 저녁 출혈이 늘어 수술방에 들어갔고 결국 살아 나오지 못한 환자의 보호자들을, 중환자실에서 상태가 오락가락하자 더 큰 병원에 갈걸 그랬다며 소리 지르던 보호자들을, 살려달라고 울며 내 손을 붙잡던 보호자들을, 환자가 무사히 병동으로 올라가게 되어 연신 고맙다고 하던 보호자들을 수백 명 거친 뒤에야 나는 내 답을 마련할 수 있었다.

"사실 지금 환자분 상태가 그리 좋지는 못합니다. 지금부터 한동

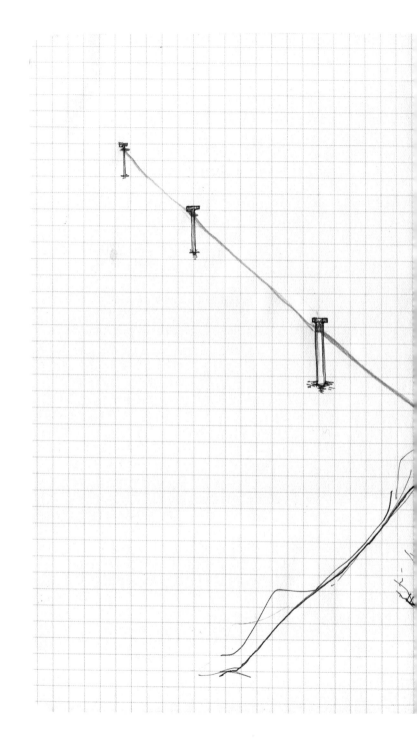

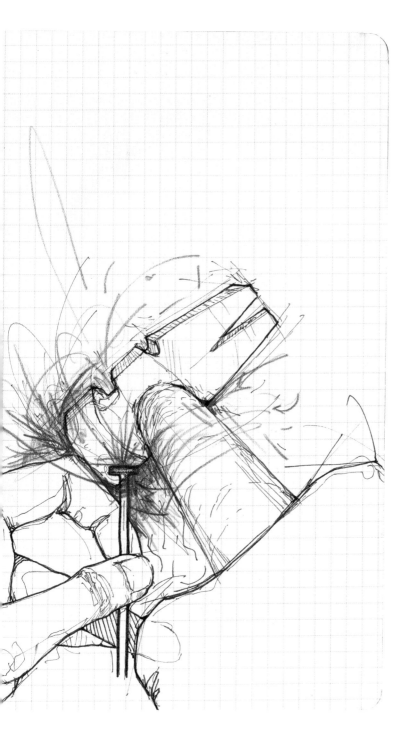

안은 좋아지는 게 아니라 더 나빠지지 않는 것을 목표로 치료해야 합니다. 그렇지만 보호자분, 선을 그으려면 최소한 점 두세 개는 필요합니다. 이제 막 온 환자의 상태만 가지고 뭐라 단정 짓는 건 누구에게도 좋은 일이 아닙니다. 중환자실에서 환자분을 치료하며 점 몇 개를 더 찍어야 앞으로 어떻게 될지 더 자세히 말씀드릴 수 있을 겁니다. 그때까지는 최선을 다해서 치료해보겠습니다."

국가고시 구두시험에서도 하지 못할 것 같은, 다소 낯간지러운 말이 언젠가부터 자연스러운 내 방식이 되었다. 상태의 중함에 대한 설명과 희망을 함께 줄 수 있는 유일한 답이었기에 나는 아직도 응급실에서 환자를 만날 때면 보호자들에게 이렇게 설명한다. 혼란스러운 보호자들의 귀에 이 설명이 가닿을 때도 있지만 그러지 못하는 순간도 많았다. 그러나 나는 그때도 내 마음의 점을 찍는다. 결국 이 점들이 이어져 보호자들의 마음에 닿을 거라고 생각하면서.

중환자실에서 서서히 회복 중이던 그때 그 환자의 딸이 웃음을 띠며 이야기한다.

"선생님, 엄마 선은 올라가고 있는 거 맞죠? 히히."

감정을 짊어지는 의사

환자가 아프다. 환자의 정의가 원래 아픈 사람이니 좀더 격하게 표현하겠다. 등산하던 중 발을 헛디뎌 머리를 다친 뒤 응급실로 내원, 시행한 CT상 EDH^{epidural hematoma 경막외혈종}가 발견되어 신경외과 수술을 막 마친 이 환자는 의식이 저하되고 사지를 잘 움직이지 못하며 호흡이 가쁘다. 한마디로 위독하다. 그러면 누가 제일 힘들까?

1. 환자
2. 가장 가까운 보호자
3. 어쩌다 한번 찾아온 지인
4. 의사
5. 간호사

정답은 없다. 그러나 저마다의 답변에 대한 결과는 대략 짐작할 수 있다. 보호자가 정답을 1번이라고 생각하면 슬픔에 잠긴다. 2번이라고 여기는 보호자는 스스로 서글프다. 오랜 간호로 자신이 지쳐간다는 것을 의미하기 때문이다. 3번의 지인들은 대개 감정상 격한 반응을 보인다. 그리하여 의료진뿐 아니라 기존의 보호자들과도 마찰을 빚는다. 물론 애정에서 비롯된 일이기에 뭐라고 할 수도 없다. 답을 4번이라고 말하는 의사는 가슴이 뜨거운 사람이거나 혹은 반대로 귀찮은 일이 많은 의사일 수 있다.

가끔 정답을 4번이나 5번이라고 여기는 보호자들이 있다. 그들은 다른 누구보다 나를 더 반성하게 하고, 의학서를 더 들여다보게 만든다. 그 보호자들은 비록 힘든 상황에 직면했지만 자신의 감정과 분노는 뒤로한 채 피와 살 같은 환자를 의료진에게 부탁해야 하는 처지다.

생-로-사가 아니라 생-로-병-사라지? 병은 삶의 한 흐름이다. 다만 고통을 수반하기에 피하고 싶을 뿐이다. '앓느니 죽지'란 말이 그 뜻을 잘 함축하고 있다. 인류 역사와 그 궤를 같이하는 병은 환자뿐 아니라 환자를 둘러싼 많은 사람을 지치고 괴롭게 한다. 삶의 한 부분이지만 누구도 마주치고 싶어하지 않고 누구도 의연한 모습을 보일 수 없는 질병을 의사와 간호사와 보호자가 환자와 함께

지고 간다.

환자 상태가 좋아지지 않으면, 의사는 자신의 몫과 과오에 대해 늘 질문한다. 혹시 내가 한 시술이 영향을 미치지 않았을까? 내가 한 소독이 부실하진 않았을까? 내가 한 부정적인 설명이 의식 없는 환자의 귀에 들어간 것은 아닐까? 보호자들도 마찬가지일 것이다. 내가 이 병원을 선택했는데, 내가 수술 동의서에 서명했는데, 아프다고 할 때 좀더 일찍 올걸, 엄마가 그 병으로 돌아가셨는데 우리 형도 미리 건강검진을 해볼걸 하는 후회와 함께 치료가 시작된다.

각자가 떠안은 짐은 때론 너무 무거워서 분노, 포기, 짜증과 같은 감정을 함께 실어 나른다. 과연 어디까지가 의사의 몫일까? 나는 그 감정들까지 만지는 게 의사가 해야 할 일이라고 생각한다. 환자나 보호자가 병원을 하나의 '정비소'쯤으로 여길 때 그 정비소를 병원으로 자리매김하도록 하는 것은 바로 환자의 짐을 나눠 갖는 의사들이기 때문이다.

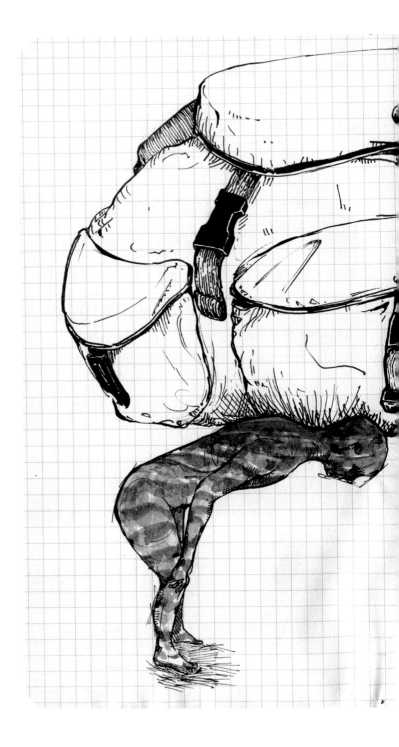

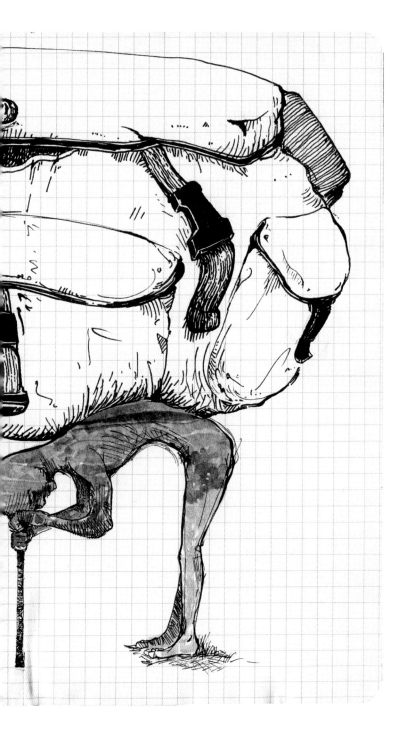

원래 아픈 사람은 없어

오늘도 어김없이 응급실로 환자가 밀려온다. 술 마시고 미끄러져 계단 모서리에 이마를 부딪혔다는 환자의 얼굴은 온통 피범벅이다. 두 눈이 부어 동공 확인조차 안 된다. 혀가 찢어졌는지 아니면 장기에 손상을 입었는지 입안에도 핏덩이가 한 움큼이다. 그러나 나는 놀라지 않는다. 왜냐고? 환자의 지금 얼굴이 내가 처음 본 그의 모습이니까. 중환자실에 누워 있는 환자는 원활하지 못한 순환과 계속되는 수액 치료 때문에 얼굴이 점점 붓는다. 부은 눈은 잘 감기지 않기에 안구가 마르지 않도록 거즈로 가려놓기도 한다. 그뿐만이 아니다. 손가락만 넣어도 토할 것 같던 입에는 엄지보다 굵은 튜브가 들어가 있고 온몸에는 수액선과 주사 자국이 있다. 그래도 나는 놀라지 않는다. 내가 매일 보던 환자의 변함없는 그 얼굴이니까. 심한 허리 통증으로 항상 얼굴을 구기고 있는 환자에게서 나는 불쾌함을 느끼지 않는다. 환자는 원래 아픈 것이니까. 그리고

환자는 언제나 그 얼굴만 하고 있었으니까.

"우리 엄마 왜 이렇게 부었죠, 선생님?"

뇌동맥류 수술을 받은 지 며칠이 지나 찾아온 딸이 한 말에 나는 정신이 번쩍 들었다. '아, 이 환자 원래 이 얼굴이 아니었겠구나.' 병원에 들어와 병원 문밖을 나가기 전까지의 얼굴만 기억하는 나는, 환자가 환자가 아닐 때의 모습은 잊고 있었다. 더 정확히 말하면 나는 그 모습을 상상하려 하지 않았다. 밝게 인사 나누고 볕 좋은 곳에서 산책하며 누군가에게 사랑을 주던 그런 모습은 상상하지 못했다. 가족들은 그렇지 않겠지. 피가 나고 붓고 튜브를 꽂고 있는 모습에 놀라고 당황스럽고 두렵겠지. 가족들 편에 서서 바라보려면 환자의 예전 모습을 상상해야 한다. 환자의 상태와 또 앞으로 병원에서 생길 일들을 전하기 위해서는 가족이 원래 알고 있던 모습을 떠올리도록 해야 한다. 그래야 그 아픔에 공감할 수 있다. 구겨져 있는 종이를 보고 우리가 구겨진 종이라고 할 수 있는 것은, 활짝 펴진 흰색 종이를 기억하기 때문이다. 구겨진 환자의 얼굴에서 환하게 펴진 원래 모습을 의사가 '기억'할 수는 없지만, 누군가의 아빠 혹은 엄마 혹은 아들딸일 그 모습을 상상해본다면 그를 대하는 마음이 조금은 달라지지 않을까.

뇌사 판정을 시행합니다

벌써 몇 번째인지 이 깨끗하고 허연 방도 지긋지긋하다. 내 몸은 내가 제일 잘 아는데, 아프지 않다고 해도 왜 자꾸 주사를 찌르고 몸을 들쑤시는지. 기운이 없어 팔다리도 맘대로 움직여지지 않는 걸 보면 나도 이제 얼마 남지 않은 모양이지. 그래도 명줄은 길어서 이 중환자실을 들락날락하는 동안 내 옆에 누워 있던 사람들이 먼저 저세상으로 갔다. 나도 이제 팔순. 먹을 대로 먹은 나이지만 나보다 더 형님인 분도 계셨고, 어디 보자, 지난주엔 그래 다섯 살짜리 아이가 여기 들어온 지 하루 만에 갔지. 나는 그래도 폐병 환자라 호흡이 가쁜 것만 빼면 이렇게 멀쩡히 생각도 하는데. 간호사들이 기저귀를 갈아줄 때면 뽀송뽀송한 느낌이 좋지만 그래도 괜한 심통을 부리게 된다. 5년 전 할망구가 같은 병으로 먼저 가버린 뒤엔 이제 집에서 내 심통을 받아주는 사람도 없거든. 뭐 오늘도 어제와 똑같은 하루겠지, 라고 생각하는 순간 비어 있던 옆 침대에 신참이 도착했다. 머리에 붕대를 칭칭 감은 걸 보니 머리 수술을 한 모양이다. 저런저런, 아직 젊어 보이는데.

지루한 일주일이 흘렀다. 그렇지만 아직 저 친구 한 번도 눈을 뜨지 않았다. 팔다리 근육이 두꺼운데 간호사들은 사지에 억제대를 채울 생각도 않는다. 빌어먹을. 나는 이렇게 깡마르고 늙었는데도 사지를 다 묶어놓았으면서. 그깟 콧줄구강식이를 하지 못하는 이에게 삽입하는 위관, 그깟 주사 좀 잡아 빼면 어떻다고. 아니다, 좋게 생각하자. 움직이지 못하고 말도 못 하는 저 젊은 친구보다야 내가 낫지.

피를 나눈 것으로 보이는 사람 여러 명과 정을 나눈 듯 보이는 사람 여럿이 찾아와 그의 이름을 불러대지만, 저 친구 당최 감은 눈을 뜰 기미가 없다. 그렇지만 가슴이 들썩이는 걸 보니 숨은 쉬고 있는 건가. 아, 인공호흡기가 불어넣어주는 숨이다. 편하겠어, 기계가 대신 숨도 쉬어주고.

만지고 두드리고 주무르며 오열하는 보호자들 사이를 담당 의사로 보이는 이가 흰 가운을 입은 채 비집고 들어온다. 그는 집게손가락으로 환자 어깨를 있는 힘껏 비튼다. 환자가 깨어나길 바라는 보호자들조차 화들짝 놀랄 만큼. 하지만 반응이 없다. 보는 내가 다 아픈데 말이다.

하루가 지났다. 어젯밤엔 괜스레 젊은 친구가 신경 쓰여 조용히

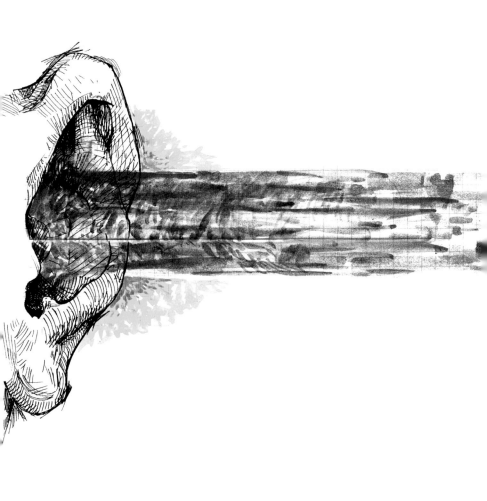

잠만 잤다. 아니, 사실은 소변 줄이 좀 불편해 말하려 했지만 간호사들이나 담당 의사 표정이 영 석연찮은 걸 알아채 가만히 있었다. 의사가 팔다리에 한 번 더 생채기를 내보지만 역시나 반응이 없다. 지켜보는 이들조차 눈살을 찌푸리게 하는 통증에 반응이 없다는 게 어떤 의미인지, 그들 역시 이미 아는 눈치다. 그들은 절망에 찬 눈으로 의사의 입을 쳐다본다. 그러나 의사의 입은 굳게 닫혀 있다. 얼굴의 부분 부분을 몇 차례 만져보더니 갑자기 바늘이 없는 주사기로 환자 귀에 차가운 물을 넣는다. 다들 귀에 이목이 쏠려 있는 사이 이 흰 가운의 남자는 환자의 눈꺼풀을 들어 눈동자를 본다. 그러나 역시 무반응이다.

"환자분이 건강하셨을 때 장기 기증을 하겠다는 뜻을 밝히셨고 보호자분들도 이에 동의하셨기에 뇌사brain death 판정을 시행했습니다."

"선생님, 어떤 상태인가요?"

"환자는 현재 자발 호흡이 없으며 뇌신경 검사에도 전혀 반응을 보이지 않습니다. 함께 시행한 뇌파 검사에서도 뇌파가 측정되지 않으며 동맥혈가스 검사에서도 이산화탄소에 대한 반응이 없습니다. 현재 환자는 뇌사 상태가 맞으며, 보호자가 원하시면 언제라도 사망 선언 후 장기 기증을 할 수 있습니다."

들썩이는 가슴을 애처롭게 바라보지만 저것은 단지 기계 힘에 의한 것일 뿐임을 다들 알고 있다. 언제였을까, 저 젊은 친구의 가족들이 죽음을 직감한 것은. 수술실에 들어갔을 때? 중환자실로 옮겨졌을 때? 어쩌면 피투성이가 된 채 응급실에 도착했을 때부터인지도 모른다. 누구 하나 오열하는 사람 없이, 낮은 흐느낌 속에서 젊은 친구는 감고 있던 눈을 영원히 뜨지 못하게 되었다.

뇌사란 뇌의 손상 범위가 대뇌와 뇌간을 모두 포함하여 자발적으로 호흡할 수 없고 어떤 자극이나 통증에도 반응이 없는 경우를 말합니다. 국내에서도 뇌사를 사망으로 간주합니다. 다만 뇌사를 판정하는 것은 보호자가 장기 기증에 동의했을 때만 가능하기에, 그렇지 않을 때에는 뇌사 추정자로만 분류되며 사망 진단이 나올 수 없습니다. 뇌사 환자들은 일반적으로 2주 안에 사망(심정지)하게 되며 잠시 심장을 붙들고 있는 그 찰나가 다른 이들의 생명을 구할 수 있는 시간입니다.

인공호흡기를 떼고 초콜릿을 두다

인턴 시절의 일이다. 어레스트arrest, 의학 용어로 심정지. 인턴으로서 처음 받아보는 CPRcardiopulmonary resuscitation 심폐소생술 콜이었다. 허겁지겁 달려간 병동에서는 이미 많은 의사와 간호사, 그리고 복잡한 장비들이 환자를 둘러싸고 있었다.

"다들 비켜주세요!"

가운을 벗어 던지자마자 손을 바꿔 심폐소생술을 시행했다. (심폐소생술은 대개 2~3분 간격으로 의사들이 돌아가면서 시행하는데 이걸 손을 바꾼다고 표현한다.) 오른쪽 손바닥으로 왼쪽 손등을 깍지 끼듯 잡고, 손바닥으로 환자의 가슴 정중앙을 누른다. 팔의 힘으로 누르는 게 아니라 팔은 일자로 고정한 채 허리를 이용해 강하게 누른다. 손바닥이 심장에 닿을 정도로 아주 강하게. (나는 샤워하던 중 뛰쳐나와서 CPR을 쳤는데, 함께 CPR을 치던 인턴 형은 젖은 내 머리를 보고 땀 흘리는 것으로 오해해서 자신은 왜 나만큼 열심히 하지 않았나 하는 자괴감이 들었다고 했다.)

"하나, 둘, 셋, 넷……"

"인턴 선생님, 손 바꾸고."

"네! 하나, 둘, 셋, 넷……"

"잠깐 멈춰봐요. 펄스pulse 맥박 없어. 다시 시작."

"네! 하나, 둘, 셋, 넷……"

하나. 두울. 세엣. 네엣. 하나아. 두우울. 세에엣…… 속으로 외치던 소리가 느려지고 팔이 후들거릴 때쯤 주치의 선생님이 보호자들에게 설명하는 소리가 들렸다. "30분 넘게 심폐소생술을 했지만 안타깝게도 심장의 리듬이 돌아오지 않습니다. 30분 이상 할 경우 환자 몸에 손상만 더 가할 위험이 있습니다. 그리고 환자 상태를 고려할 때 앞으로 심장이 다시 뛸 가능성은……" 곧 작게 읊조린 보호자의 말을 들은 주치의 선생님이 우리에게 말했다.

"그만하세요."

그 말이 끝나자마자 팽팽했던 고무줄이 끊기듯 무너지는 사람들과 터지는 울음소리, 그리고 나와 환자만이 있던 공간 속을 비집고 들어오는 수많은 손이 보였다. 내 첫 심폐소생술은 그렇게 끝났다.

터덜터덜 병동을 나와 벤치에 앉았다. 헛헛한 마음을 떨칠 길이 없었다. 어찌할 바를 몰랐던 나는 편의점에 가서 한 봉지에 세 개

들어 있는 초콜릿을 샀다. 그 자리에서 하나를 먹고, 다른 하나는 지나가는 사람에게 주고, 남은 하나는 방에 있던 병 속에 집어넣었다. 오랜 기간 무서운 병마와 훌륭하게 싸워왔던 환자는 이제 사바 세계의 업을 떨치고 좀더 편안한 곳으로 향하려 한다. 내가 산 초콜릿은 그 환자의 길 앞에 안녕과 평화가 깃들기를 바라는 나름의 보시布施였다. 이렇게 모인 병 속의 초콜릿을 물끄러미 쳐다보면서, 난 초콜릿 하나하나에 내 손안에서 생의 마지막을 맞은 사람들의 얼굴을 새겼다.

'오랜 시간 고생하셨습니다. 좋은 곳으로 가길 빌게요.'

합장도 기도도 할 줄 몰랐던 나는 그저 머릿속으로 묵념을 했다. 그 뒤로 난 수십 번의 CPR을 더 경험했다. 그중에는 내 손 아래에서 다시 뛴 심장도 있지만, 가느다란 박동을 끝내 이어가지 못한 심장도 있었다. 다신 환자를 못 만나게 될 때마다 난 땀이 흐르는 몸뚱이와 처진 마음을 부여잡고 편의점에 들러 초콜릿을 산 뒤 하나는 먹고, 하나는 주고, 하나는 담았다. 그렇게 큰 병 두 개가 가득 찰 무렵 나는 인턴생활을 마쳤다. 지금도 그 통을 보면 담겨 있는 초콜릿마다 떠오르는 얼굴들이 있다. 내일 퇴원할 거라며 들떠 있다가 저녁에 갑자기 심장이 멎었던 환자, 항문에 생긴 암으로 오랜 기간 고생하다가 병원에서 짧은 생을 마무리한 청년, 멀리서 둘

째가 오고 있으니 그때까지만 심폐소생술을 해달라며 울던 딸을 둔 아빠, 생계가 힘들어 병원에서 도망친 뒤 한 시간이 지나 다시 응급실로 실려왔다가 끝내 의식을 되찾지 못한 조선족 아주머니. 환자들에게만큼이나 의사인 우리에게도 죽음은 책에서 갑작스레 튀어나와 삶 속으로 끼어들었다. 죽음은 그렇게 되풀이되다가 어느덧 일상으로 자리잡아갔다. 심폐소생술을 경험하면서 인턴들은 마음먹는다. 이 길을 계속 가거나 혹은 이 길과는 멀찍이 떨어진 길을 가겠다고. 나는 이 길을 좀더 걸어보기로 마음먹었다. 여전히 죽음은 낯설고 어렵지만.

퇴원하지 않는 정씨 할머니

암은 알다시피 어디 가서 얻어오는 질병이 아니라 내 몸에 무언가가 과하여 발생하는 병이다. 여러 원인으로 인해 내 몸의 세포가 죽지 않고 끊임없이 증식하면 암 덩어리가 된다. 그나마 폐암이나 위암은 들어보기라도 했지, 뇌종양이라니. 이 귀한 곳에 암이라니! 진단을 받은 환자들은 크게 당황하며 결과를 의심한다. '부정 – 분노 – 타협 – 우울 – 수용.' 많은 암환자가 진단명을 듣는 순간부터 겪는 심리 변화 과정을 뇌종양 환자들도 동일하게 겪는다. 그리고 암의 영향을 받은 뇌의 기능 저하로 마비나 의식 변화까지 겪기 때문에 환자뿐 아니라 그를 바라보는 보호자들에게도 당황스러움과 공포가 더해진다.

뇌종양을 진단 받고 수술하게 된 정씨 할머니는, 수술 후 치료와 항암치료가 끝났지만 병원 권고 재원일인 한 달을 훌쩍 넘은 오늘까지도 퇴원을 하지 않는다. 어제는 머리가 아프고, 오늘은 어지

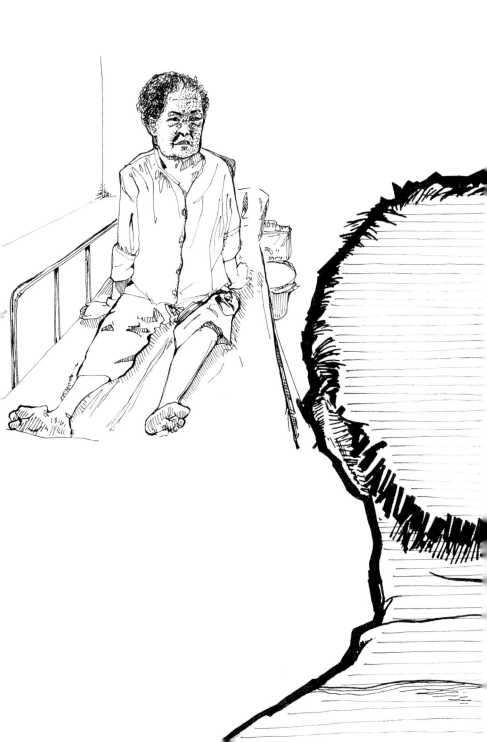

럽단다. 아, 그저께는 속이 좀 메스껍다고도 했다. 그러나 세상의 모든 해결책이 그러하듯 암환자의 문제 역시 해답은 느리고 또 명쾌하지 않을 때가 많다. 담당 의사가 지지부진하고 흐릿한 답일지언정 찾아보려고 낑낑대는 나날 동안 정씨 할머니는 병실에서 시간을 무료히 흘려보낸다.

"할머니, 옆에 좀 앉아도 될까요?"

"그라이시더."

"할머니 집에 무슨 일 있으세요?"

"와?"

"아니, 퇴원하셔도 된다고 말씀 드린 지가 벌써 한 달이 넘었는데 아직 집에 안 가시길래 여쭤보는 거예요."

"집에 일은 무슨, 암 일도 읍따. 일이 생길 끈득지라도 있으야 생기지. 맨날 츤날 내 혼자 일 나가 밥 해묵고 내 혼자 쳐자는데 문 일이 생기겠노."

할머니에게는 내 말이 협박처럼 들린 걸까. 식사를 마친 수저로 탕탕 침대를 치며 역정을 내신다.

매일 모텔비 이상의 비용을 내면서 투덜거리고 냄새 나고 앓는 소리 하는 5명의 룸메이트와 하룻밤을 자라면 당신은 그렇게 하겠는가? 병원의 6인실은 그런 곳이다. 그런데 그곳에서도 퇴원을 하지 않는 환자는 제법 많다. 보통 사람이라면 하루빨리 벗어나고픈 그곳에서 하루라도 더 있으려고 하는 사람들. 시간이 길어질수록 그런 환자에게 의사가 해줄 것은 적어진다. 수술은 이미 마쳤고 약도 다 써봤다. 내가 해줄 수 있는 것은 줄어드는데 새로 생겨나는 문제들을 토로하며 집에 가지 않는 환자들을 보면 주치의는 점점 더 초조해진다.

처음엔 이해가 되지 않았다. 나 같으면 빨리 집에 가서 컴퓨터도 하고 책도 읽고 치킨이라도 시켜 먹을 텐데 왜 집에 안 가지? 이 좁고 냄새 나고 시끄러운 곳이 그렇게 좋은가? 그러다 문득 다른 생각이 들었다. 만약에, 만약에 말이다, '차라리' 병원이 편한 거라면?

차라리 병원이 편할 수 있다는 데 생각이 미치자 갑자기 가슴이 먹먹해졌다. 병원에서는 병마와 싸우기만 하면 되지만 집에서는 외로움에 부딪히고 매서운 현실에 맞서야 한다. 병마엔 의사가 답이라도 내놓지만 병원 밖에서는 그조차도 없다. 오로지 혼자 모든 것과 부딪치며 싸워야 한다. 그것도 건강하지 못한 몸으로.

차라리 병원이 더 편한 할머니에게 의사가 해줄 수 있는 것은 과연 무엇일까.

부모를 등지고 간 아기

　일주일 내내 환자에 시달린 레지던트 1년차에게 주어지는 주말 오프는 꿀보다도 달콤하다. 간만에 뜨끈한 물에 몸을 좀 풀고 만나고 싶은 사람들도 보고, 가벼워진 마음으로 다시 병원에 돌아온다. 어디 나 없는 동안 별 문제는 없었겠지 하며 중환자실을 한 바퀴 휙 돈다. 중환의 소변은 잘 나오고 있는지, 팔다리에 부종은 안 생겼는지 꼼꼼히 체크하던 중 텅 비어 있는 침대 하나가 눈에 들어왔다. 아니, 사실 그 침대는 비어 있지 않았다. 그냥 다른 환자들의 것에 비해 공간이 너무 클 뿐이었다. 빈 공간의 한가운데에는 작은 생명이 누워 있었다. 태어난 지 10개월이 안 된 0살의 아기가 중환자실에 있어야만 하는 이유는 악성 뇌종양 때문이었다. 대부분의 아기는 가족의 축복을 받으며 0살에서 한 살로 넘어가지만, 자신의 입 크기만 한 튜브를 물고 누워 있는 이 안타까운 생명에게 그것은 이진법의 0(off)만큼이나 1(on)이 되기에 버거워 보였다. 반쯤

열린 아기의 눈꺼풀 사이로 드러난 두 눈동자는 갈색 부분이 보이지 않을 정도로 까맸다. 눈동자의 제일 검은 부분인 동공의 확장이 아기에게 의미하는 것은 무척 잔인했다. 코마coma 상태. 자극에도 반응이 없고 스스로 호흡도 할 수 없는 상태인 코마 환자의 절망적인 예후를 나는 그 아기의 부모님께 설명해야 했다.

성인과 다르게 소아에게는 뇌종양이 흔한 질병이며 악성률이 높은 편이다. 다만 여러 가지 치료에 대한 반응도가 높아 적극적으로 접근해볼 수 있기도 하다. 집에서 놀던 중 갑자기 발생한 경련을 주소chief complaint로 응급실로 내원한 아기는, 단순한 열경기이길 바랐으나 15분 동안이나 경련이 멈추질 않았다. 아기의 체중에 버거울 만큼 항경련제를 투여했음에도 반응이 없었다. 응급실 의료진의 모든 시선과 손이 아기에게로 향했다. 움직이는 아기를 손으로 고정하고 시행한 뇌CT에는 우리가 가장 우려했던 결과가 나타났다. 어쩌면 아기의 작고 부드러운 주먹보다 더 커 보이는 종양. 더군다나 조직 검사를 하지 않아도 스스로 악성임을 나타내듯 종양 주변부에는 심한 뇌부종이 자리잡은 채 이미 뇌를 밀어내고 있었다. 급했다. 얼른 머리를 열어서 감압decompression을 해주어야 한다. 수술실에 들어가기 전에 이미 아기의 동공은 크게 열려 있었다. 얼마 있지도 않은 아기의 머리카락을 깎는 손이 떨렸다. 그러나 안타까운 마음은 일단 외면해야 한다. 지금 아기에 필요한 건 신경외과 의사의 정확하고 서두르는 손뿐이다.

아기의 두개골은 성인의 것과 달라서, 굳이 드릴을 쓰지 않아도 가위만으로 절개가 가능하다. 열자마자 압력이 높아져 있는 뇌가 두개골이 절개된 부분으로 부풀어 오른다. 하얀 뇌를 젖히고 얼마 들어가지도 않았는데 악마 같은 색깔의 종양이 눈에 들어온다. 들어가기 전에 본 아기의 새까만 동공이 자꾸만 떠오른다. 사투 끝에 절제된 종양은 성인의 그것에 비할 수 없을 만큼 작았다. CT에서는 그렇게 무섭게 보였던 것이 실은 이렇게나 작았다. 아니, 이 정도 작은 종양에도 무사하지 못할 정도로 소아의 뇌는 작고 약했던 것이다.

아기는 성인과 체표면적의 차이로 인해 대개 귀여움의 대상이 된다. 작은 손과 발 그리고 그걸 가리는 신발과 장갑, 오물거리는 작은 입술과 뽈록 튀어나온 귀여운 코. 그러나 병원에 있는 아기에겐 그 모든 것이 바라보기에 괴로운 점이 되어버린다. 맞는 옷이 없어 성인 환자복의 상의로 덮어놓은 몸과, 성인에겐 작은 생채기나 가릴 만한 크기의 거즈로 덮어놓은 수술 부위, 어른 팔에 들어가는 라인보다 더 가느다란 소변줄은 수없이 많은 소아 암환자를 봐온 의사와 간호사에게도 언제나 아픔으로 다가온다. 중환자실에 누워 있는 아기 앞에서 나는 어려운 말을 해야 했다.

"다행히 수술은 무사히 끝났습니다. 그렇지만 수술 이후에도 아이의 동공은 돌아오지 않습니다. 호흡 역시…… 마취가 다 풀렸는데도 자극에 반응이 전혀 없습니다. 소아의 뇌종양은 적극적으로 치료해볼 수 있는 부분이 분명 있지만 지금의 경우는 좀 다릅니다……."

나는 뒤의 말을 차마 잇지 못했지만 어머니는 이미 알아들은 모양이다. 내 눈엔 마음속에 밀려드는 검은 구름을 억지로 걷어내려는 어머니의 간절한 눈빛이 들어왔다.

"선생님, 다른 방법이 없을까요? 정말 가망이 없나요?"

나는 대답 대신 고개를 저었다. 그 눈을 마주볼 수가 없어 고개를 떨궜다. 아기가 누워 있는 침대를 어서 떠나고 싶었다. 그러나 대답을 하지 못한 스스로가 못나고 부끄러워 무거운 공기가 내려앉은 그곳에 계속 서 있었다. 그것은 아기와 부모에 대한 내 마음이자 스스로에 대한 벌이었다.

면회 시간이 되면 다른 보호자들이 와서 환자의 이름을 불러보고 몸을 주무르는 동안, 아기의 부모는 조용히 들어와 잠들어 있는 자식을 바라만 보다 돌아갔다. 우리에겐 말없이 고개를 끄덕이는 인사와 잠시 동안의 침묵, 그리고 다시 고개를 끄덕여 이어지는 배

웅 인사가 전부였다.

수술한 지 이틀째, 격리실의 아기는 부모와 내 눈앞에서 조용히 짧은 생을 등졌다. 어머니는 한 번도 뜨지 못했던 아기의 감은 눈앞에서 소리 내어 울지 않았다. 대신 작은 기도와 바람을 아기의 귀에 속삭였다. 나도 그 뒤에 그림자처럼 우두커니 서 있었다.

보호자가 두고 갔다네예, 좀 드이소

뇌출혈 환자의 보호자들은 병의 원인을 무척 궁금해한다. 내 자식이, 내 부모가, 내 아내가 의식을 잃고 누워 있는데 이 몹쓸 병의 원인을 찾으려는 것은 당연한 일. 그렇지만 여기에 또 다른 이유가 개입될 때가 있다. 바로 보험 문제다. 개인이 가입한 사보험은 저마다 적용 범위가 달라서 외상인가 혹은 자발성인가에 따라 보험료 지급 여부가 결정되기에 병의 원인은 경제적으로도 몹시 중요한 요소가 된다. 중환자실 신세도 오래 져야 하고 간병인 없이는 환자를 돌보기 힘든 신경외과 질환들은 금전상으로도 만만찮은 부담을 떠안긴다.

여느 때와 같은 면담 시간, 공장에서 납땜을 하던 중 쓰러져 병원에 실려온 환자의 보호자가 자발성 뇌출혈은 왜 산재_{산업재해} 처리가 되지 않느냐며 물어왔다. 환자는 납땜을 하던 중 잠시 화장실에 갔다가 소식이 끊겼는데 아무도 그를 신경 쓰지 않았다. 아니, 그의 동료들은 근무 중 다른 동료의 부재를 알아차리기엔 너무나 바쁘고 덥고 피곤했다. 그 몫의 업무가 한참 밀린 뒤에야 동료가 없어진 걸 눈치 챈 사람들이 화장실에 쓰러져 있는 그를 발견했고, 그제야 구급차에 실려 병원에 온 것이다. 의식이 사라진 환자가 병원에 도착하면 가장 먼저 시행하는 검사인 뇌CT 촬영에서 환자의 뇌출혈이 확인되었다.

집중 치료를 위해 신경외과 중환자실로 입원한 환자는 의식 회복 과정을 밟고 있었다. 다행히 수술이 필요한 정도는 아니었고, 큰 후유증도 없이 회복세에 들어섰다. 그러나 주치의인 나에겐 또 다른 문제가 발생했다.

"아니, 직장에서 일하다가 쓰러졌는데 왜 산재 처리가 안 되나요?"

일반적으로 자발성 뇌출혈의 의학적 원인에는 외상이나 근무 스트레스 등이 포함되지 않기 때문에 이 병이 산재 처리된 사례는 거의 전무하다. 그렇지만 아무리 이야기해도 보호자들은 포기하지 않는다. 이럴 땐 슬그머니 행정팀 뒤로 숨어본다. 저는 산재 처리 담당자가 아니고 치료만 하는 의사에 불과하니 정확히는 모릅니다. 필요한 서류가 있다면 '가능한 한' 도와드리겠습니다, 라고 에둘러 말해보지만 보호자들은 쉽게 물러나지 않는다. 때로는 화를

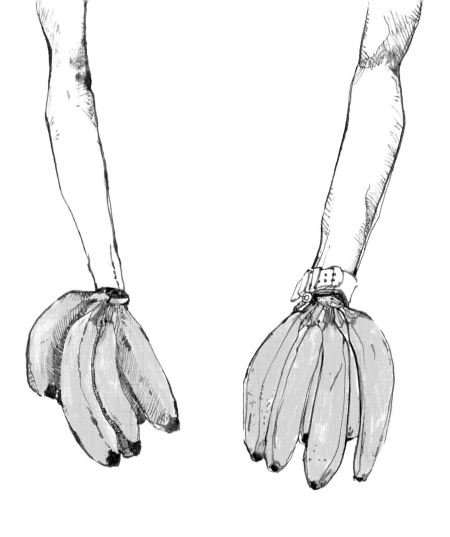

내고, 산재 처리가 되지 않으면 어차피 치료비도 못 낼 거라며 의사의 먹살을 잡고 분노를 드러내기도 한다. 그런데 이번 환자의 보호자는 아예 두 손을 모아 싹싹 빈다. 제발 산재 처리가 되도록 해달라고, 남편 홀로 가족을 부양해왔는데 처지가 이러니 병원비를 감당하기 힘들다고. 누구에게 손을 비비며 빌어본 적도 없고, 비는 손 앞에 서 있어본 적도 없는 나는 당황해 어쩌할 바를 모른다. 혹시 내가 돈만 아는 냉혈한 의사로 비치는 건 아닐까? 되는 보험을 안 되게 한다고 해서 전공의의 박봉이 높아질 리 없다. 차라리 내가 하는 수술과 처치가 얼마짜리인지 감도 못 잡는 '의사 서생'으로 비쳤으면 좋겠다.

긴 면담 시간이 끝나고 의국에 앉아 오더를 내고 있는데 중환자실 수간호사 선생님이 잘 익은 노란 바나나 한 송이를 들고 들어온다. 마침 다이어트 중이던 내가 눈을 반짝이며 쳐다보자 수 선생님이 이야기한다.

"뇌출혈 환자 보호자가 주고 가데요. 맛있게 드이소."

나는 움켜잡으려던 손을 거두고 물끄러미 바나나를 쳐다본다. 바나나 송이가 마치 그녀가 모은 두 손 같아서 영 죄스럽다.

삶 끝에서 만나는 타인의 삶

'엄마 아빠 늦잠 자는 일요일 아침'이었지만 응급실로부터 급하게 걸려온 전화는 의국을 부산스럽게 만들었다. 젊은 환자, 아니 어린 환자였다. 당장 수술하지 않으면 문자 그대로 '목숨이 위태로웠다'.

뇌CT에서 보이는 렌즈 모양의 흰 반점은 경막외혈종. 뇌를 싸고 있는 바깥 막^{경막}과 두개골 사이에 피가 고이는 것이기에 혈종이 뇌에 주는 화학적인 영향은 없지만 갑자기 양이 늘어서 뇌를 밀어내면 멀쩡하던 환자의 상태가 급격히 나빠진다. 뇌가 영구적 손상을 입기 전에 얼른 수술로 혈종을 제거해주면 의식이 돌아오지만, 그 시기를 놓치면 환자는 회복의 전환점을 넘어선다. 아이는 안타깝게도 그 시간을 넘긴 채 병원에 도착했다. 양쪽 눈의 동공은 이미 모두 열려 있었다. 뇌압 상승과 뇌 이탈이 치명적일 만큼 심각하다는 뜻이었다.

다행히 수술은 성공적으로 끝났다. 그렇지만 중환자실에 누워 있는 아이는 일말의 호전도 보이지 않았고, 야속한 시간만 계속 흘러갔다. 아이가 수술을 받은 지 이레째. 호흡은 끝내 돌아오지 않았다. 커진 동공도 작아질 기미가 없었다. 아무리 큰 자극에도 환자는 손가락 하나 까딱하지 않았다. 코마. 뇌사 상태였다. 뇌사란 뇌 활동이 회복 불가능하게 정지된 상태를 뜻하며, 이는 국내법상으로도 죽음과 동의어로 간주된다. 뇌간brain stem이 살아 있어 자발적 호흡이 가능한 식물인간과는 큰 차이가 있다. 며칠, 심지어 몇 년 뒤에 깨어난 환자들에 대해 듣거나 목격할 때가 있는데, 이 역시 식물인간 상태에서 깨는 것이지 뇌사 상태에서 깨어나는 것이 아니다. 회복 불가능. 뇌사 상태를 특징짓는 말이자 의사를 바닥 없는 무력감으로 추락하게 하는 말이다.

환자가 뇌사 추정 상태에 이르면 의사는 의무적으로 한국장기기증원에 보고하고, 의사, 보호자 그리고 코디네이터는 기증 절차에 대해 논의한다. 장기 기증 동의가 이뤄지면 이 환자가 정말 뇌사 상태에 처한 게 맞는지 판정에 들어가고, 뇌사가 확정되면 사망 선언 후 장기 기증 절차를 밟을 수 있다. 환자의 건강한 삶을 연장하는 게 목적인 의사에게 누군가의 삶이 끝났다고 이야기하는 것은 정말 피하고 싶은 일이다. 그렇지만 중환자실을 담당하는 이상 죽음도, 죽음을 설명하는 것도 의사로서 비껴갈 수 없는 일이다.

점점 부어가는 아이 앞에서 부모와 나 사이엔 나눌 이야기가 점점 줄어들고 있었다. 언젠가부터 면회 시간이 되면 우리는 말없이 눈길만 한 번 준 뒤 떠지지 않는 아이의 눈을 바라보는 게 전부였다. 나는 어머니에게 아이는 뇌사 상태이며, 곧 이어질 죽음은 피할 수 없다고 설명해야 했다. 그러면서 동시에 아이가 하늘나라에 가기 전 죽어가는 다른 아이들을 살릴 수 있을 거란 이야기를 해야 했다. 미루고 싶지만 그럴 수 없었다. 아이에게 남은 시간은 불과 일주일도 되지 않으리라. 그렇지만 일말의 가능성을 붙잡고 중환자실 앞에서 밤을 지새우는 보호자에게 절망을 안겨주는 것도 모자라 평생 한 번도 고민해본 적 없을 선택을 하게 하다니. 나는 "의무적인 일입니다……"라는 말 뒤에 숨지 않을 수 없었다. 그러나 겁먹고 죄스러운 마음에 움츠러든 나에 비해 오히려 아이 엄마는 담담하고 또 당당했다.

"선생님께서 우리 아이가 살아날 가능성이 없다고 하시면 정말 그렇겠지요. 장기 기증을 하겠습니다."

"……"

"마음이 아프지만 우리 아이로 인해 다른 아이들이 생명을 얻을 수 있다면 그걸로 감사하며 살겠습니다. 부디 그렇게 되도록 선생님이 도와주세요."

아이는 우리가 예상했던 시간보다 조금 더 빨리 세상을 떠났다. 그렇지만 어머니가 보여준 용기 덕에 아이는 다른 아이들과 또 그 아이들을 가진 부모의 마음속에 영원히 남아 있으리라. 생명과 똑같은 무게를 지닌 감사의 마음과 함께.

삶의 끝 그리고 죽음 뒤에 이어지는 무언가가 있다면, 그것은 사후 세계가 아니라 다른 이의 삶일 수도 있다. 그 사실이 죽음 뒤에 남겨진 이들에게 얼마나 큰 의미를 지니는지 나는 많이 봐왔다. 성심껏 치료한 의사라면 장기 기증을 설명하는 것에도 당당해야 한다. 쉽지 않지만, 의사는 그 의미를 전해줄 수 있는 유일한 사람이기 때문이다.

─────── ○ ───────

너 때문에 나빠진 거야

중환자실 한켠에 누워 있던 환자가 어느 날부터 한번씩 호흡이 가
빠지기 시작했다. 사흘이 지나자 열이 났다. 열은 환자 몸 어딘가에
서 무리를 하고 있다는 신호이고, 중환자의 약해진 심신은 그 열을
견뎌내는 것마저 벅차기에 열의 원인을 찾아 재빨리 해열시켜야
한다. 중환자실을 맡은 지 얼마 되지 않은 초짜 주치의의 주된 업
무는 해결할 수 없는 문제를(대부분의 문제에서 그렇다) 선배 선생님
에게 노티하고 답을 배우는 것이다. 그렇지만 "선생님, ○○ 환자 열
이 나는데요."라고 말했다가는 답은커녕 선배의 화만 돋우는 꼴이
된다. "그러고도 너가 의사야?!"

　적어도 환자의 신체 검진physical exam과 생체 징후vital sign 그리고
검사 결과lab를 확인한 뒤, 현 상태는 어떤지, 열은 왜 나는 것 같은
지, 그리고 어떻게 조치하면 좋을지에 대한 자기 생각을 가지고 선
배에게 물어봐야 한다. 주관적 소견Subjective과 객관적 검사 결과

Objective를 가지고 작성되는 환자의 문제 목록problem list, 그리고 그에 따른 진단Assessment과 치료 계획Plan. 이것이 바로 진료의 기본인 SOAP이다. 선배에게 혼나지 않기 위해서라도 먼저 환자의 차트를 열었다. 백혈구 수치가 올라가 있었다. '감염이 있나?' 곧 영상 차트를 열었다. 흉부 엑스레이 사진에는 환자 폐 한쪽 구석이 허옇게 되어 있었다. '아뿔싸, 폐렴이구나.'

건강한 사람조차 감기가 심해지면 병원 침대와 수액의 힘을 빌려야 할 때가 있다. 하물며 폐렴은…… 더군다나 중환자에게는! 중환자실에 입원한 환자들의 사인死因 중 높은 비율을 점하는 폐렴은 다 나은 환자를 갑자기 잘못되게 할 수도 있고, 이어지는 치료를 불가능하게 할 수도 있으며, 심장이나 뇌 같은 다른 장기에도 영향을 미치기에 여간 무서운 게 아니다. 지체할 틈 없이 검사와 동시에 치료를 시작해야 한다. 피와 가래에 있는 균 배양 검사가 나오자마자 항생제를 써야 하고 그 외에 신경 쓸 게 한두 가지가 아니다. 이러한 플랜을 들고 선배에게 갔다.

"선생님, 3번 베드에 누워 있는 ○○ 환자요. 열이 나는데 CXR흉부엑스레이에 왼쪽 lung에 hazziness혼탁도 있고 아무래도 폐렴 같습니다."

"그래? 가보자."

선배 선생님과 함께 환자를 볼 때는 혹시나 내가 놓친 게 있을까 항상 긴장되지만, 환자가 좋지 않을 때는 긴장감보다 든든함이 앞선다. 그렇게 환자 앞에서 얼마간의 시간이 흘렀다.

"욱아, 이거 좀 볼래?"

선배가 켜놓은 화면에는 일주일 치 흉부 엑스레이가 연속으로 열려 있었다. 오늘 찍은 엑스레이에서 혼탁했던 부분은 갑자기 생긴 게 아니라 며칠 전부터 아주 조금씩 진행되어온 병변이었다.

"아……"

나는 엑스레이 사진 앞에서 꿀 먹은 벙어리가 되어 멍하니 화면만 바라보았다. 마치 그렇게 바라보면 폐 속의 하얀 부분이 사라지기라도 할 것처럼. 한동안 환자는 열과 가래로 고생했지만, 천만다행으로 큰 후유증 없이 완쾌되어 중환자실을 졸업하고 무사히 병동으로 올라갔다. 그렇지만 그 전까지 환자의 침대 앞에만 서면 나에겐 중력이 두 배로 작용해 무거움이 온몸을 휘감았다. 선생님들과 회진을 돌거나 중환자실을 오갈 때면 그르렁거리는 가래 소리 앞에서 선배 선생님은 항상 물었다.

"욱아, 이걸 보고 드는 생각이 없니?"

First, do no harm. 환자에게 해를 가하지 않는 것을 최우선으로 하라. 목적이나 과정이 어찌 됐든 간에 결국 의사가 되어 건강을 다루는 사람에게 가장 따가운 말은 "너 때문에 환자가 안 좋아진 거다"라는 꾸짖음이다. 중환자실 주치의 1년. 그때 내가 들은 그 말은, 수없이 들어야 했던 그 어떤 꾸중이나 험한 말보다 머릿속에 더 각인돼 아직도 가슴을 서늘하게 하며, 그 후로 나도 후배 선생들을 꾸중할 때면 아껴뒀다 쓰곤 했다.

"이러면 안 된다. 이건 네가 나빠지게 한 거야." 참 뜨끔한 주사 같은 말이다.

통나무 게임이라고, 물 위에 떠 있는 통나무 위에 서서 균형을 잡는 게임이 있다. 통나무 가운데에 잘 서 있을 때는 별것 아닌 듯싶지만 앞이나 뒤로 조금이라도 기울어지면 통나무가 돌아가면서 급작스레 균형이 틀어지고, 그걸 되돌리기 위해 반대편으로 무게중심을 옮겼다가 타이밍을 놓치면 오히려 반대로 넘어가는, 몹시 까다로운 게임이다. 중환자실의 의료가 딱 그렇다. 중환자들은 그저 '심하게 아픈' 게 아니라, 너무 아파서 보통 사람이 가지고 있는 항상성건강의 평형을 유지하려는 힘이 무너진 이들이기에, 마치 통나무 위에 있는 것처럼 세밀한 관찰과 집중을 요한다. 그래서 환자들이 갑자기 넘어가지 않고 무사히 고비를 넘기게끔 하는 게 중환자실 주치의의 역할이다. 회복은 그다음으로, 병동 주치의에게 바통을 넘긴다. 큰 고비를 지난 뒤 보호자들이 고맙다는 인사를 전해올 때

면 나는 언제나 말한다. 감사하지만 그 말씀 아끼셨다가 중환자실
무사히 졸업하면 해달라고.

팽팽히 긴장해 있지 않다가는 자칫 큰일 날 수도 있는, 마치 팬
티 고무줄 같은 것. 그것이 바로 중환자실 주치의다.

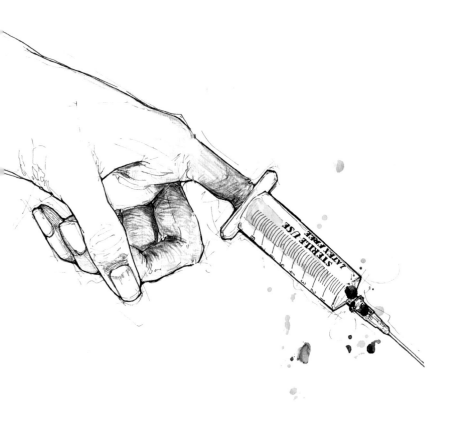

할머니의 손

타인의 시선을 상상하는 일은 일상에서는 거의 일어나지 않는다. 나 살기 급급한 세상에서 저 사람이 어딜 보고 무슨 생각을 하는지를 상상하는 건 사치에 가깝다. 병원 또한 다를 바 없다. 환자는 환자의 눈앞에 있는 일에만, 의사는 의사의 시선에 들어온 것들에만 관심을 쏟는다. 서로의 입장이 되어보기엔 환자는 '너무 아프고' 의사는 '너무 바쁘다'. 그런 그들이 서로를 바라볼 때는 차라리 관찰이란 말이 더 잘 어울린다. 환자는 자신을 쳐다보는 의사의 눈빛을 관찰하며 오늘 그가 가져온 소식이 좋은 것인지 나쁜 것인지를 짐작한다. 의사 역시 마찬가지다. 회진 때 만나는 환자의 눈을 보며 통증의 차도를 가늠한다. 상대의 눈에 서로가 어떻게 보이는지는 아프고 바쁜 그들에겐 감상적인 사치일 따름이다.

수술 받을 환자가 누워 있는 이동침대를 끌고 수술방으로 들어가는 인턴의 눈에는 환자의 얼굴보다 복도를 막고 있는 물품 따위

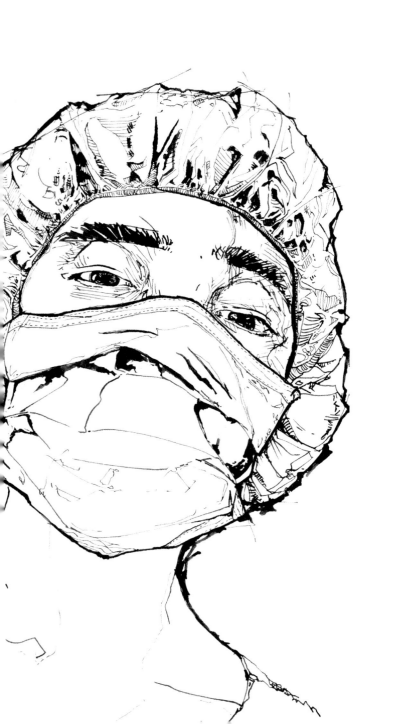

나 스르륵 열리는 수술방 문이 더 잘 들어온다. 수술방에 도착하면 그제야 누워 있는 환자를 쳐다보며 정해진 질문을 던진다. "이름이 뭐예요? 오늘 어디 수술 받으러 오셨어요?" 행여나 수술 받을 환자가 바뀌거나 수술 부위가 뒤바뀌는 치명적인 오류를 피하기 위해 인턴은 수술방 안에서 다시 한번 환자에게 묻는다. 그런데 고개를 떨구고 누워 있는 환자와 눈이 마주친 순간, 내 눈에 들어온 것은 춥고 낯선 수술방에서 겁에 질린 환자의 얼굴이 아니라 그의 동공에 비친 내 모습이었다. 무표정하게 환자를 내려다보고 있는 내 모습. 그 시선에 뜨끔하고 마음을 찔린 까닭은 나의 오래전 경험 때문이었다. 살면서 딱 한 번 받아본 수술. 이동침대에 누워 수술실로 향하면 눈앞에는 있는지조차 몰랐던 병원 복도 천장 타일이 눈에 들어온다. 이 낯섦은 두려움과 긴장으로 뒤바뀌어 나를 공격했고 나는 그 앞에서 무기력할 뿐이었다. 지금 내 얼굴을 쳐다보고 있는 이 환자도 마찬가지일 거라 생각하니 소름이 돋았다.

그때 이후로는 침대를 끌고 수술방에 들어갈 때면 항상 환자의 손을 잡아줬다. 그러면 신기하게도, 남자이거나 여자이거나 할머니이거나 꼬마 총각이거나 모두 스스럼없이 손을 꼭 잡는다. "그때 내 드갈 때 의사 선생님이 손을 꼭 잡아줘가 참말로 고마웠데이." 수술이 끝난 뒤 병실에서 만난 할머니는 마스크를 쓰지 않은 나를 용케도 알아보시고는 이렇게 말씀하셨다. 감사하다는 말이 감사한 순간이었다.

앞서도 말했지만 바쁜 세상이다. 누구나 공감대를 형성할 상대를 원하고 또 타인과 공감해보려 노력하지만 시선의 도킹이 이루어지는 데에는 이 바쁜 세상에 어울리지 않게 긴 시간을 요구한다. 그때 동공이 빛 반사가 되는 투명한 세포라는 점은 참으로 다행스럽다. 공감이 어려울 때는 상대방의 동공에 비친 내 모습을 바라보자. 그 속에 있는 무뚝뚝한 표정의 나를 직시한다면, 그것이 바로 공감의 시작 아닐까.

뇌와 죽음

"620호 아저씨가 속이 더부룩해서 동네 병원에 갔다가 CT를 찍었는데 간암이라고 나왔다데. 그 집 아줌마도 갑상선 암으로 얼마 전에 수술했잖아. 이제 좀 회복돼서 쉬고 있는데 그런 일이 또 생겼나봐. 이제 애가 중학교 올라간다는데 어쩌누······."

암 보험에 가입하면 암 걸린다는 현대 자본주의 버전의 미신이 횡행한 적이 있다. '암 정복의 길 열려'라는 문구로 시작된 그 시절 뉴스들이 무안하리만치 암은 그때보다 더 가까이 우리 일상에 스며들었고, 매일 네 개의 팔다리와 다섯 개의 장에 명령을 내려야 하는 뇌 역시 암으로부터 자유로울 순 없다. 뇌종양의 유병률有病率은 해를 거듭할수록 상승하고 있다. 우리 병동에도 어제 두 명의 뇌종양 신환이 입원했다. 마흔 살의 젊은 남자와 일흔다섯 살의 할아버지는 전에 큰 병이라곤 한 번도 앓아본 적 없는 사람들이었다.

갑작스레 찾아온 환란에 당황과 슬픔이 침상 곁을 한바탕 휘몰

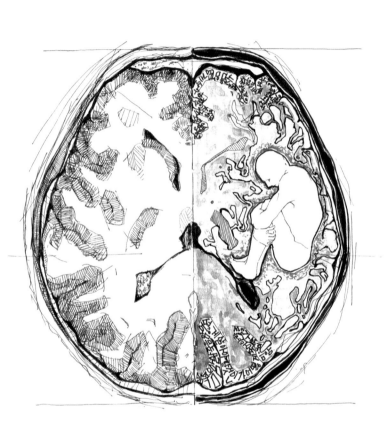

아치고 난 뒤, 촉촉한 눈빛의 보호자들이 침착하게 물어왔다.

"어떻게 하면 될까요?"

이건 좀 답하기 쉬운 질문이다. 교과서에 적힌 뇌종양의 치료 방침을 우리말로 바꿔 읽어드리기만 하면 되니까. 잘 모르는 부분이 생길 땐 교수님 뒤로 숨어버리는 것도 하나의 방법이다. 그러나 다음 질문이 곧바로 이어진다.

"얼마나 살 수 있을까요?"

아, 참으로 난감한 순간이다. 그러나 지금 눈앞에 서 있는, 내 입을 바라보고 있는 저 사람의 심정에 비할 수 있을까.

삶의 반대말은 흔히 죽음이라고 배운다. 그러나 아이러니하게도 우리는 삶 속에서 무수한 죽음을 맞닥뜨린다. 어느 날 응급실에서 걸려온 전화 한 통으로 갑자기 끼어드는 죽음은 곧 제 자리를 찾아내 빠르고 넓게 우리 삶 속에 그 뿌리를 내린다. 철학자의 책꽂이에서 형이상학적으로 논해지는 방식도 아니고, 전쟁터에서처럼 극적인 상황도 아닌, 일상에 공기처럼 스며드는 것이다.

어떤 것이 '산' 것이고 어떤 것이 '죽은' 것인가. 우리는 어떻게 살아야 하고 어떻게 죽어야 하는가. 한 번도 해본 적 없는 고민을 가장 혼란스럽고 아픈 상황에서 해야 한다. 슬픔과 황망함이 교차하는 일을 처음 겪는 초보 주치의는, 평소 의학 드라마나 책에서 본 것처럼 능수능란하게 위로의 말을 건네고 싶지만 도무지 입이 떨어지질 않는다. 그렇게 첫 번째 면담이 끝났다.

시간이 흐르고 두 환자의 보호자는 각각 치료에 대한 자신들의 결정을 알려왔다. 한 명은 두개골을 열고 종양을 제거한 뒤 항암치료를 받겠다고 했고, 다른 한 명은 치료를 포기하겠다는 의사를 밝혔다. 치료를 포기한 쪽은 마흔 살의 젊은 남자였고 수술을 결정한 쪽은 일흔다섯 살의 할아버지였다.

엄마, 나 축구 계속할 수 있어?

엄마는 아이의 팔다리가 자꾸 힘없이 늘어진다며 신경외과를 외래로 방문했다. 두부 수상이 의심되는 어린이에게 처음부터 머리 CT를 찍자고 하는 일은 거의 없다. 그 여리고 귀한 뇌에 방사선을 쐬어서 좋을 게 없기 때문이다. 그러나 편측 마비나 경련seizure 등 뇌병변이 의심되는 전형적인 신호가 잡히면 CT나 MRI를 찍어서 평가해야 한다. 곧 MRI를 찍었고 결과는 다음과 같았다.

'거미막종 및 외상성 뇌출혈arachnoid cyst with chronic SDH'

두개골 안, 뇌를 싸고 있는 거미막arachnoid membrane에 낭종cyst 물혹이 생긴 소아들이 있는데, 이런 아이들은 낭종 안 빈 공간으로 출혈이 생길 가능성이 높다. 출혈이 급격한 의식 변화를 유발하거나 큰 수술을 요하는 경우는 많지 않지만 낭종의 특성상 출혈이 잘 흡수되지도 않기에 피가 차면 수술해서 제거해줘야 한다. 그렇기에 뇌에 출혈이 생겨서 피가 차는 일이 가능한 한 발생하지 않도록 이런 아이에게는 과격한 운동을 피할 것을 권한다.

아이는 약 30분간 두개골에 구멍을 뚫는 '간단한(?)' 수술을 마친 뒤 머리에 가느다란 호스를 꽂고 나왔다. 머리에 고인 피는 한동안 호스를 통해 밖으로 빠져나올 테고, 적당히 배액되고 나면 그 관을 제거할 것이다. 마침내 멀쩡히 병원 문을 나설 날도 올 것이며, 5센티미터쯤 되는 수술 자국은 금세 자라는 머리카락에 가려져 티도 안 날 것이다. 그러나 아이는 회진 때 단 한 번도 웃음을 띤 적이 없었다.

"엄마, 나 축구 계속할 수 있어?"

축구를 계속할 수 있느냐는 물음이 어떤 건지 알고 있다. 그리고 답을 알려줘도 또다시 묻는 것이 어떤 의미인지도 잘 알고 있다. 말하지 않아도 축구공이 얼마나 다시 차고 싶을지 그 잘생긴 아이의 그을린 피부가 대신 말해주고 있었다.

회진을 돌 때면 교수님 뒤편에서 환자들을 면밀히 관찰하는데, 그러다보면 유독 마음을 더 만져주고 싶은 환자들이 생긴다. 아이가 입원해 있는 동안 나는 거의 매일 회진 후 병실로 다시 찾아갔다. 아무리 머리를 쥐어짜도 "그래, 다시 그라운드를 뛰어다닐 수 있어. 걱정 마!"와 같은 기분을 북돋워줄 말이 떠오르지 않았지만, 그래도 아이의 웃는 얼굴을 꼭 보고 싶어 쓸데없는 우스갯소리를 하곤 했다.

아이가 나를 향해 보조개 팬 미소를 보여줄 때쯤 해서 아이 머리의 호스는 제거되었고 상처 부위도 아물어 실밥을 뜯게 됐다. 그리고 퇴원 전날 인터넷으로 주문한 몇 권의 책이 내 방에 도착했다. 아이를 위해 '그라운드를 밟지 않고도 축구를 즐기는 법'에 대해 이것저것 검색해봤지만 적절한 책은 없었다. 그래서 고심 끝에 구입한 게 바로 영국 축구의 전설적인 감독 퍼거슨의 자서전이었다. 퇴원 전 아이에게 줄 선물로. 그 책 앞부분에 나는 짧은 글을 덧붙였다.

축구는 못 해. 하지만 축구를 좋아하는 건 계속할 수 있어. 충분하지 않겠지만 너무 슬퍼 마. 바라는 답을 주지 못해 미안해. 축구공을 잃은 너에게 인생에 다른 즐거운 일도 많다는 걸 아무리 말해봤자 무슨 소용이겠니. 하지만 언젠가 진심으로 그렇게 느끼길 바랄게. 많은 사람이 좋아하는 것을 놓치고, 꿈을 좇다가 넘어져. 너는 그걸 조금 더 이르게 경험한 것뿐이야. 먼저 경험한 자에게 지혜와 평온이 찾아오길 진심으로 바란다.

스스로도 정리하지 못한 내 마음이 그저 가닿길 바랐던 사람 중 그 꼬마는 가장 어린 상대였다. 물론 유일한 남자이고 말이다.

책을 받아 드는 아이의 수줍은 미소는 오래도록 기억에 남을 것이다. 앞으로도 건강하게, 다시는 신경외과 의사를 만나는 일이 없기를 진심으로 기도한다.

의사의 책임은 어디까지일까

"아니 왜 걸어 들어온 사람이 걷지를 못합니까!"

의사의 귀에 필터가 있다면 가장 먼저 거르고 싶은 말이 바로 이 말일 것이다. 안타깝게도 그런 필터는 존재하지 않으며, 더 안타깝게도 다른 과에서는 있어서는 안 될 이런 무서운 일이 신경외과에서는 비일비재하다.

신경의 문제는 대부분 진행을 멈추기 어렵다. 뇌출혈이 발생하면 멀쩡히 걸어 들어온 사람이 몇 차례의 수술을 거친 뒤 침대에서 눈도 제대로 못 뜬 채 평생을 콧줄로 들어오는 경관유동식에 의지해 살기도 하는데 이를 쉽게 받아들일 이는 없다. 뿐만 아니라 뇌의 병은 다른 어떤 부위보다 각 장기의 기능을 가장 빨리 떨어뜨린다. 그래서 뇌 환자들은 폐렴이나 뇌졸중, 심근경색, 신장 질환 등 다양한 전신 합병증을 자주 동반하게 된다. 이 경우 뇌 치료가 아무리 잘되어도 이미 손상된 장기의 기능들을 회복하는 데는 아주 긴 시

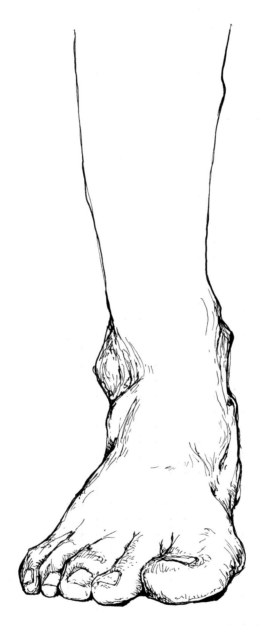

서서 들어와

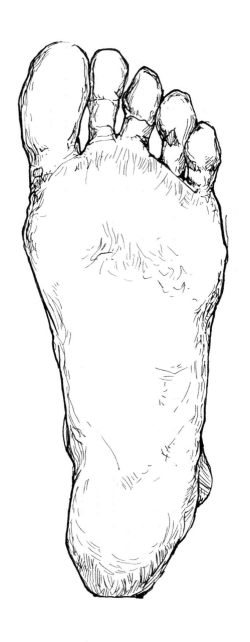

누워서 나가다

간이 걸린다. 책임지고 치료하는 의사들도 속상하지만, 의사를 믿고 환자를 맡긴 보호자들의 마음은 과연 어떻겠는가. "좋아질 거라 했는데 왜 이래요? 다른 문제가 생긴다는 말은 안 하셨잖아요."

절망에 빠져 있는 보호자의 마음을 달래기 위해 무조건 희망적인 말만 했다가는 자칫 오해만 쌓이기 십상이다. 때로는 환자가 나빠진 원인을 모조리 의사와 병원에게로 돌리는 보호자들도 있다. 그런 모습을 보면 억울함보다는 안쓰러움이 앞선다. 향할 곳 없는 분노와 슬픔임을 알기 때문이다. 그렇더라도 이런 오해를 자주 버텨낼 힘은 없어 의사들은 환자가 응급실에 도착한 직후부터 일어날 가능성이 5퍼센트도 채 되지 않을 무서운 결과들을 줄줄 읊기 시작한다. 법적인 책임이 말 한마디, 글 한 줄에도 예민하게 적용될 수 있는 요즘엔 더욱 흔해진 일이다. 오죽했으면 환자의 좋지 않을 예후가 걱정되어 설명하는 나에게 코웃음을 치며 이렇게 이야기하는 보호자도 있었다. "됐어. 의사들은 원래 무서운 소리만 하잖아." 맞다. 나도 내가 하는 끔찍한 설명이 괴담에나 나오는 것이길 바란다. 하지만……

한번은 머리에 종양이 있어 방사선 치료를 시작한 할머니에게 서서히 치매가 찾아왔다. 방사선 치료의 부작용일까? 아니면 방사선 치료로는 조절되지 않은 종양이 할머니를 괴롭히는 걸까? 어쩌면 일흔이 넘은 할머니에게 치매는 당연한 생의 과정일지 모른다. 환자에게 발생한 질병과 그에 따른 합병증 가운데 과연 의사의 책임은 어디까지일까? 냉혹한 법 앞에서는 어깨가 움츠러들게 마련이지만 나만 바라보며 일희일비하는 환자와 보호자들 앞에서는 언제나 마음이 어지러워진다.

의사 직도 이제 서비스업이라고 하던 강의를 들은 적이 있다. 그러나 의사가 자신의 직업을 서비스업으로만 생각한다면 아무것도 진행되지 않을 것이다. 환자를 고객으로 생각하는 순간 이해하지 못할 수많은 일을 우리는 의사로서 대하고 있기 때문이다. 바로 지금.

좋은 의사가 되겠습니다

그리 바쁘지는 않던 어느 당직 날, 휴대전화 벨이 울렸다. 응급의학과에 근무하고 있는 동기 형이었다. 평소의 밝은 목소리가 아니었다. 뭔가 심상찮은 일이 발생했다는 뜻이다.

"욱아, SDH경막하혈종 환자가 한 명 있는데……"

환자는 집에서 넘어져 머리를 부딪혔는데, 처음에는 괜찮다가 의식이 점점 저하돼서 응급실로 실려왔단다. 그런데 문제는 환자의 나이였다. 3세. 이제 막 신경이 자리잡기 시작한 어리디어린 나이.

부랴부랴 CT부터 확인했다. 안타깝게도 상황이 좋지 못했다. 혈종이 두개골 안에서 뇌를 눌러 뇌가 제자리를 잡지 못하고 있었다. 두개골 안에 빈 공간이 많은 어르신들과 달리 젊은 사람들은 두개골 안이 뇌로 가득 차 있어서 작은 출혈에도 큰 영향을 받는다. 하물며 3세 아이의 뇌는……

서둘러 응급실로 달려가 환아를 보았다. 아이는 이미 의사 표시를 할 수 없는 단계로 빠져들고 있었다. 그 작은 발과 손, 그리고 입에 들어가 있는 튜브들이 환아의 상태가 심각함을 알려주고 있었다. 지체할 이유가 없었다. 이럴 때는 황망함과 슬픔 속에 빠져 있는 부모를 다그쳐야 한다. "수술하셔야 합니다."

수술방에 아이와 교수님 그리고 내가 들어갔다. 머릿속 혈종과 씨름하기를 몇 시간. 수술은 잘 끝났고 다행히 아이는 수술방을 빠져나와 중환자실로 향했다. 수술 후 시행한 CT에서는 혈종이 잘 제거된 듯했다. 이제부터는 중환자실이 싸움터다. 신경외과 전공의 전체와 소아과 선생님들 및 중환자실 간호사 전부 한 명의 아이에게 매달려 생체 징후를 확인하고 신체 검진을 하며 랩을 체크하고 오더를 냈다.

신경외과 중환자실에서 의료진이 갖는 목표는 그 환자가 호전되도록 만드는 것이 아니다. 환자가 '어느 선'을 넘지 않도록 막는 것이 목표다. 일단 살려놔야 가족도 다시 만나고 재활도 할 수 있으므로. 그러나 우리 바람과는 달리 아이의 생체 징후는 안정되는 듯하다가 이내 악화 일로를 걸었다. 새벽녘, 간호사가 나를 깨웠다.

"선생님, 아이의 혈압이 떨어져요!"

가느다란 선을 잡고 버티던 아이의 상태가 나빠졌다. 중증 뇌부종이 아이의 심장 기능마저 떨어뜨리고 있었다. 상황이 좋지 않았다. 아니, 위태로웠다. 머리 안에 있던 출혈이, 작은 양이지만 큰 부담이 되었던 것이다. 아이는 과다 출혈에 의한 대사성 산증에 빠지고 있었다. 더군다나 뇌출혈로 인해 의식도 건강 상태도 최악이었기에, 아무리 약물을 투여해도 대사성 산증은 기세가 줄어들지 않았고 이제 아이의 생명을 위협하고 있었다. 맥박이 뛰지 않았다.

"CPR 시행해!"

여러 기관의 홍보 덕에 CPR을 하는 방법을 이제는 많은 사람이 알지만 소아의 CPR은 그것과 좀 다르다. 양손에 들어올 만큼 작은 흉곽이기에 가슴을 누르는 것이 아니라 두 손으로 흉곽을 감싸고 양 엄지로 가슴 가운데를 압박한다. 작은 가슴이 오르락내리락했지만 아이의 혈압은 여전히 잡히지 않았다. 고작 두 손가락을 움직이면 되는 CPR인데도 성인의 것과 또 다른 무게가 느껴졌다. 시간이 흐를수록 땀이 나고 눈시울이 붉어지지만 정신을 차려야 했다. 이런 상황에서 컨트롤타워가 되는 것이 신경외과 의사의 역할이기 때문이다. 그렇게 CPR을 시행한 지 30분, 울고 계시던 아이 아버지가 내 팔을 잡았다.

"선생님, 이제 그만하세요……."

사망 선언. 누군가의 인생이 끝났음을 공식적으로 알리는 이 무서운 말을 의사는 피할 수 없다. 그리고 선언하는 의사가 숨이 몇

은 환자의 주치의라면 이는 더없이 힘든 말이 되고 만다. 수많은 죽음을 손 아래서 목도한 나도 그때 그 순간만큼은 어떻게 지나갔는지 모르겠다. 그리고 며칠이 흘렀다. 무거운 마음을 계속 이고 가기엔 신경외과 의사의 길이 너무 험난하고 힘들다. 그렇게 또 신환을 맞이하고 퇴원하는 환자를 바라보는 일상이 반복되는 와중에 중환자실에서 전화가 왔다.

"선생님, 그때 그 아이 기억하시나요? 아이 어머님이 찾아오셔서 선생님을 좀 뵙고 싶다고……"

몰아치는 업무와 피로를 커튼 삼아 가려두었던 그날의 아픈 기억이 다시 고개를 들었다. 나는 간호사 선생님에게 얼른 가겠다고 답했지만 중환자실로 향하는 걸음은 무겁고 더디기만 했다. 어떤 얼굴로 부모님을 맞이하고 어떤 말을 해야 할지……. 아니 왜 다시 오셨는지 이유조차 알 수 없었다. 병원에 사망한 환자의 보호자가 찾아오는 이유는 대개 몇 가지로 정해져 있다. 서류상의 사인에 대한 재확인이 가장 순한 경우이고, 치료 과정에서 발생했을지 모르는 문제점을 확인하러 오는 것이 가장 아픈 경우다. 어느 이유이건 사망 선언을 한 주치의가 그 보호자를 만나는 일이 결코 편할 수는 없다. 그렇게 느린 걸음으로 도착한 중환자실 문 앞에 아이 부모님이 서 계셨다.

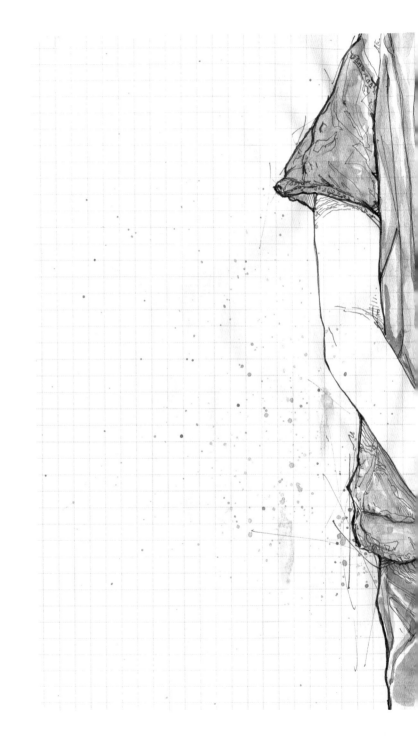

"안녕하세요, 선생님. 잘 지내셨어요?"

"……네, 부모님들께서도……"

인사를 하는 어머님 앞에서 나는 차마 안녕을 여쭐 수 없었다. 그런 내 앞에서 어머님이 먼저 말을 이어가셨다.

"선생님, 경황이 없어서 그때는 말씀 드리지 못했지만, 우리 아이를 열심히 봐주신 선생님께 꼭 고맙다는 이야기를 전하고 싶었습니다. 감사합니다."

아, 나는 그저 두 손을 모으고 고개를 숙이고만 있었다. 수개월 간 연습해온 면담의 기술도, 자신 있던 보호자 상대하기도 그 자리에선 아무 소용이 없었다. 나를 찾아와 이런 말을 해주시는 부모님께 드릴 수 있는 말이 도무지 떠오르지 않았다. '저도 감사합니다'라고 말할 수는 없었다. 도대체 지난날의 어느 부분에서 서로 감사를 주고받을 만한 좋은 일이 있었던가. 그렇다고 죄송하다고 말씀드릴 수도 없었다. 어설픈 사과가 오히려 부모의 마음을 더 상하게 할 것 같았기 때문이다. 아무 말도 할 수 없어 그저 자리에 붙박인 듯 서 있었다. 그렇게 짧은 만남이 끝났다. 부모님은 떠나셨고 나는 계속 두 손을 맞잡은 채 그 자리에 서 있다가, 시야에서 부모님이 사라지고 난 한참 뒤에야 자리를 뜰 수 있었다. 그리고 생애 다시는 하지 않을 것 같은 일을 했다. 어머니의 연락처로 문자를 보낸 것이다.

'어머님. 아이를 담당했던 의사입니다. 큰 용기를 내어 와주셔서 감사하지만, 저는 감사하다는 말도 죄송하다는 말도 드릴 수가 없었습니다. 문자를 보내는 지금도 사실 어떤 말씀을 드려야 할지 모르겠습니다. 다만 좋은 의사가 되겠습니다. 꼭 좋은 의사가 되겠습니다. 아이에게도 그렇게 이야기해주시면 감사하겠습니다.'

아픈 기억은 마음을 뾰족하게 찌르고 들어오지만, 어느덧 나무처럼 뿌리를 내리고 토양을 변화시킨다. 그날의 기억은 그렇게 내 마음 한켠에 자리를 잡았다.

AI 시대에 의사가 할 수 있는 일

수술이 결정되기 전 의사가 보호자에게 가장 많이 듣는 질문 중 하나는 '당신이라면(혹은 당신의 가족이라면) 어떻게 하겠느냐'이다. 의사의 언행이나 행동은 법적 테두리 안에서 과거에 비해 점점 더 제약을 받게 되었기에, 말을 잘못했다가는 '당신이 하라고 해서 했잖아' '당신이 의미 없다고 해서 안 했는데'라는 말로 분쟁이 발생하기 십상이다. 실제로 그런 일이 몇 차례 일어나고 난 뒤에야 의사들은 대답을 피하기 시작했다.

"제 의사는 중요하지 않습니다. 결정은 보호자분께서 하시는 겁니다."

맞는 말이다. 그러나 이를 데 없이 차갑다.

갑작스런 의식 저하로 병원에 실려온 환자가 뇌CT를 하고, 신경외과 의사의 진단 아래 수술이 필요한지를 확인하는 데는 채 30분이 걸리지 않는다. 그때부터 의사는 보호자가 수술 동의서에 서명하기 전까지 1분의 시간도 아깝게 여겨진다. 동의서에 적힌 글을 꼼꼼히 읽어보는 사람도, 결정을 내리지 못하고 다른 사람과 통화하는 이도 모두 응급실을 담당하는 내게는 중요한 1분을 놓치는 것으로밖에는 보이지 않았다. 선생님이라면 어떻게 하겠느냐는 물음도, 살 확률이 몇 퍼센트냐는 물음도 답답했다. "20퍼센트면 안 하고 25퍼센트면 하시겠습니까?" 그때 내가 내놓은 답은 피곤한 내 몸만큼이나 까칠했다.

그러나 연차가 올라가고 여유가 생기면서 "선생님이라면"의 반대 방향인 "나라면"이라는 의문을 갖기 시작했다. 생각해보라. 어느 날 모르는 번호로 전화가 걸려왔는데, 여기는 종합병원이고('당신 가족에게 뇌출혈이 일어나 의식이 없고'), 당장 수술해야 하니 빨리 와라('오는 시간도 아까우니 수술을 할 건지 말 건지 당장 결정해라'), 물론 수술한다고 해도 산다는 보장은 없다라는 이야길 들었다면? 나는 한 번도 상상해본 적 없는 일을 고민해야 한다. 나을 것인지, 나아도 의식이 회복될 것인지, 평생 침상생활을 해야 한다면 간병은 누가 하고, 또 간병 비용은? 갑자기 걸려온 전화 한 통에서 시작된 고민은 꼬리에 꼬리를 무는데 의사는 빨리 수술 결정을 내리라고 다그친다. 수술 뒤에 이어질 모든 건 내(보호자)가 책임져야 하는데 소식을 듣고 온 친척들은 얼른 수술하라고 한다. 생전 처음

들어보는 질병, 상상도 해본 적 없는 사고 그리고 무엇보다 한 번도 본 적 없는 표정을 하고 내 가족이 응급실 침대에 누워 있다. 눈은 반쯤 감기고 입에는 튜브를 꽂은 채로. 나라면 의사의 다그침에 빨리 대답할 수 있었을까?

아무리 결정은 가족이 하고 의사는 정보 제공만 한다지만, 아 다르고 어 다른 세상에서 의사가 어떻게 이야기하느냐가 보호자의 결정에 영향을 미치지 않을 리 없다. 응급실을 보던 1년차 시절에는 빠른 결정만이 미덕이라고 생각했다. 어찌 됐든 발병에서 치료까지의 시간은 환자에게 결정적이기 때문에. 그러나 시간이 지날수록 생각이 조금씩 바뀐다. 정보 제공은 현대 의학의 몫이고, 의사는 그 정보를 가족에게 전해주는 '사람'의 역할을 해야 한다. 당황하는 가족의 마음을 읽고, 만지고, 결국에는 후회하지 않을 결정을 내릴 수 있도록 도와주어야 한다. 언젠가 진단뿐만 아니라 수술까지 AI 로봇이 다 하는 시대가 오더라도 의사를 필요로 하는 사람들이 있다면 바로 이런 까닭에서일 것이다.

아무것도 하지 않아도 괜찮아

죽음을 손에 묻히며 사는 사람으로서, 병원 일을 할수록 죽음에 대한 생각은 점점 달라진다. 눈 감고 다시 뜨지 못하는 게 죽음인 줄 알았던 나는 의대에 들어오고 나서 심장의 정지부터 뇌파 소실까지 죽음의 정의가 다양하다는 걸 알게 되었다. 그리고 병원에서 일하면서 깨달은 점은, 죽음은 어떤 순간이 아니라 삶의 스펙트럼 속에 있다는 것이다.

손발도 내 마음대로 움직이지 못하고, 한 시간에 한 번씩 몸을 움직여주지 않으면 식물처럼 굳어 욕창이 생기는 사람들을 물끄러미 바라보면 죽음이 떠오르지 않을 수 없다. 아니, 오히려 산다는 게 무엇인가를 돌아보게 된다.

처음에는 산다는 게 '생산'과 같은 뜻이라고 생각했다. 돈이든 작품이든 뭔가를 만들어내는 게 살아 있음의 의미라 여겼고, 그러니 소비만 하는 건 죽은 것이나 다름없다고 치부했다. 가만 돌이켜

보면 그때 나는 자취방에서 자기 비관이나 하고 있는 반 시체 상태의 치킨 소비자였다. 그래서 죽음과도 같은 그 시간으로부터 벗어나고 싶었다.

그러다가 시간이 흘러 병원에서 근무한 뒤로는 CPR이 중지되었을 때 죽음이 찾아오는 거라 여겼다. 온 힘으로 가슴을 누르는 내 손 밑의 사람이 이미 죽었다고 생각하면 CPR을 계속할 수가 없었다. 그래서 이미 가능성 없는 환자라도 스스로에게 거짓말을 해야 했다. 아직 CPR이 멈추지 않았으니 돌아올 수 있다고. 그러나 그 거짓말을 참말로 만들어준 환자를 나는 결국 경험하지 못했다.

신경외과 의사가 된 이후로 삶과 생산, 죽음과 소비에 대한 고민이 다시 한번 찾아왔다. 의식이 혼탁한 채 누워 있는, 언제 의학적 사망을 맞을지 모르는 환자들을 돌보면서 비록 주치의지만 죽음을 한순간도 떠올리지 않았다면 거짓말. 가족이 찾아와서 이름을 불러도 아— 하는 목소리조차 내지 못하는 중환들. 그들은 마치 아무것도 생산하지 않는 것 같지만 실제로는 그렇지 않다. 매일같이 찾아오는 가족들의 가슴에 추억을 만들어주고 있다. 그 추억이란 지금 자리에 누워 가족을 바라보는 고통의 기억만이 아니다. 그들을 향해 웃고 울며 삶을 함께했던 모습을 떠올려주고 있는 것이다. 그렇기에 소리 내지 못하는 환자 앞에서 보호자는 많은 '대화'

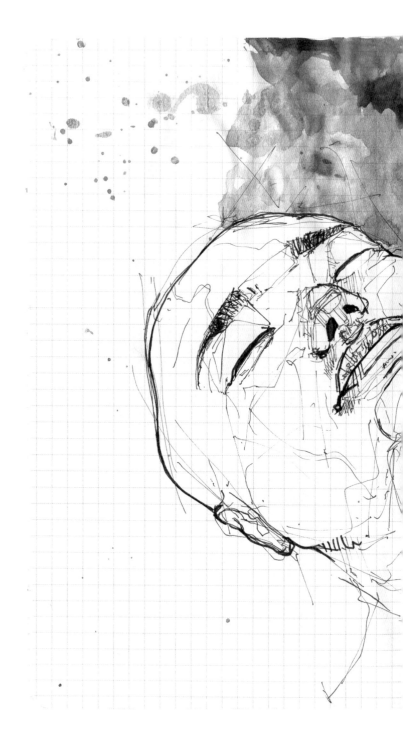

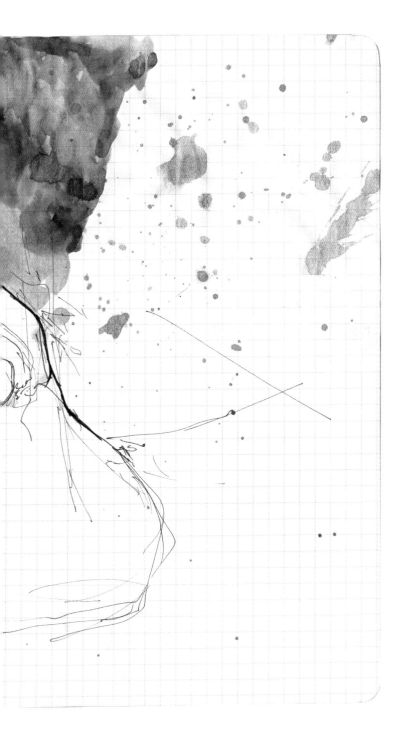

를 나눌 수 있다. 나는 그런 장면을 수도 없이 봐왔다.

의식이 저하된 채 통증에 작은 반응만 보이는 환자이지만 치료를 하다보면 어느새 통증 대신 가족이 부르는 이름에 반응을 보인다. 호흡이 약해 기계로 숨을 불어넣어줘야 하지만 뛰고 있는 뇌파와 심장 리듬이 표시되는 기계 선 위에 그들의 추억과 지난 삶이 오갈 거라 생각한다. 우리가 잘 때 이런저런 꿈을 꾸고, 비몽사몽간에 무언가를 떠올리듯이 이 환자들도 그러지 않을까. 이들은 살아 있다. 끊어지지 않은 생의 밧줄을 누구보다 더 강렬하게 움켜쥐고 있다.

죽음은 삶만큼이나 어렵다. 마찬가지로, 삶 역시 죽음만큼이나 어려운 것 같다. 그러니 충분히 살아야 한다. 열심히 사는 것은 열심히 무언가를 하는 것과는 다르다. 그것은 기억하고 되새기는 걸 뜻한다. 아파도 좋고, 게을러도 괜찮다. 누워 있는 자신을 기억하기만 하면 된다. 순간을 놓치지 않는 것, 그것이 생의 밧줄을 놓지 않는 법이다. 부디 이곳에 누워 있는 환자들이 지금을 추억할 수 있는 건강한 날을 되찾았으면 한다.

머리카락 안 집어넣어!

수술방은 무균의 공간이다. 최소한 수술하는 필드field는 반드시 오염이 없어야 한다. 그렇기에 모든 기구는 몇 시간에 걸쳐 소독된 채로 나오고, 소독할 수 없는 큰 기계들은 무균 비닐로 꽁꽁 싸맨다. 무균 상태의 공간에서 가장 더러운 것은 바로 사람이다. 이 더러운 균으로 가득 찬 호모 수술니쿠스들을 어떻게 하느냐. 일단 깨끗한 수술복으로 갈아입힌 뒤 빳빳한 솔로 손과 팔을 박박 씻긴다. 그다음 머리카락을 모자로 덮고 입과 코를 가리는 것도 모자라 온몸을 두르는 수술 가운을 입힌다. 의사들이 수술방에 들어갈 때 팔을 접어 손을 위로 향한 포즈를 취하는 이유는 손을 씻은 후 물이 팔꿈치 아래로 떨어지게 하기 위해서다. 더러운 팔꿈치의 물이 다시 손으로 흐르지 않도록, 그러니까 수술하는 손만큼은 가장 깨끗하게 유지하기 위해서다. 수술 필드에 들어가면 손은 쓰지 않더라도 아래로 떨어뜨리거나 해서는 안 되며, 항상 필드 주변에 두거나 가슴께에 손바닥을 붙여두든가 혹은 가볍게 팔짱을 껴야 한다. 교수님들이 뭐라 해도 팔짱을 끼며 들을 수 있는 유일한 곳이 바로 수술방이다.

"앗, 선생님. 거기 에이셉틱한 공간이니까 가까이 가지 마세요!"

"이 가위 컨타 됐어. 바꿔줘."

'에이셉틱aseptic 오염되지 않은'과 '컨태미네이션컨타contamination(오염)'은 수술방에서 가장 빈번하게 나오는 단어지만 이외에도 똥타미네이션(똥+컨태미네이션, 대장 수술 시 대장을 열면 똥이 나오는 걸 말한다. 매우 빠르게 석션하는 것이 관건이다) 같은 재미있는 말도 있다. 똥인지 된장인지 보고도 구분 못 하는 학생 시절과 똥인지 된장인지 냄새를 맡아봐야만 구분하는 인턴 시절. 수술방에서 어물쩍거리다 옷깃이 엉뚱한 곳에 스치기라도 하면 수술모와 마스크를 히잡처럼 두른 수술방 간호사 선생님이 예쁜 눈으로 레이저를 날리는 곳도 바로 수술방이다.

예리한 눈으로 수술방을 본 사람이라면 그곳에 두 종류의 수술모surgical cap가 있다는 것을 알아챌 것이다. 그림처럼 티베트 스타일의 모자와 우측의 김치공장 스타일의 모자. 기능상 별 차이는 없고 다음과 같이 각각의 장단점만 있다. 좌측 캡은 머리를 전반적으로 누르고 직접 끈을 묶어야 한다는 불편함이 있지만 얼굴에 자국이 생기지 않는 반면, 우측 캡은 공간이 많아 머리가 눌리지 않는 대신 끈이 고무줄로 되어 있어 벗고 나면 이마에 자국이 가로로 그어진다. 우측 캡은 머리카락을 넣을 공간이 있기에 여선생님들이 주로 이용하고, 좌측 캡은 주로 남선생님들이 사용한다. 수술하는 대부분의 과가 남성 위주로 돌아가던 시절, 좌측 캡이 서전surgeon의 상징처럼 되어버린 까닭도 이와 관련 있을 것이다. 누가 어떤 모자를 쓰건 머리카락만 잘 커버하면 되지만 한때는 김치공장 스타일의 모자를 쓰면 선배 의사한테 "네가 간호사야!" 하는 꾸지람을 듣기도 했다는데, 이젠 아주 머나먼 시절의 이야기가 되어버렸다. 더구나 나처럼 머리가 큰 유인원 같은 인간은 김치공장 모자가 훨씬 더 편하다. 좌측 캡을 쓰면 본젤라토 아이스크림을 뒤집어놓은 꼴이니까……

아, 일회용 캡 대신 개인 모자를 쓰는 분들도 있다. 마치 인터넷 게임의 아이템처럼. 아무 상관없지만 뭔가 수술 스킬이 늘어난 듯한 아우라를 뿜어낸다. 모르긴 몰라도 구치나 샤넬에서 수술모를 만들었다면 꽤나 팔렸을 것이다.

다양한 수술모만큼이나 수술하는 의사들의 스타일과 성격도 제각각이다. 조용히 수술만 하고 나가시는 선생님이 있는가 하면, 농담으로 수술방의 딱딱한 분위기를 풀고 나서 진행하는 선생님, 음

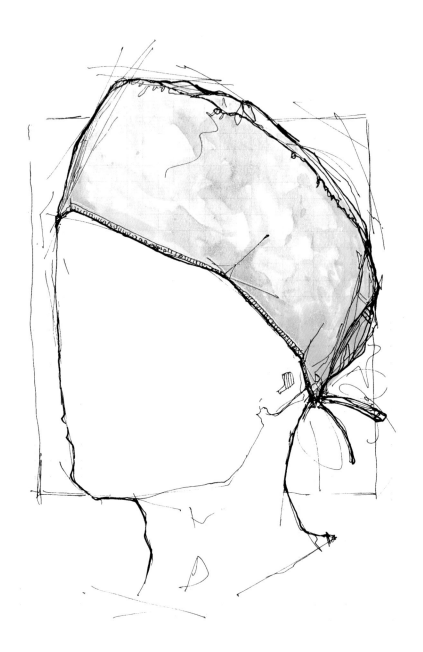

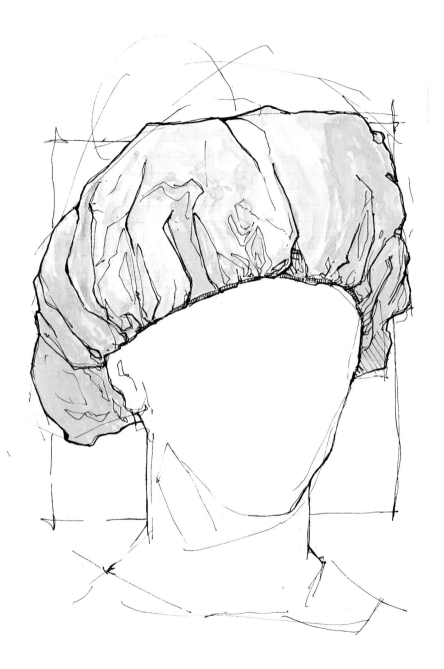

악을 틀어놓고 수술하는 집도의, 학생이나 인턴에게 해부학 관련 스피드 퀴즈를 내는 분, 암울한 가정사를 계속 들려주는 분도 계신다. 멜론 신곡 100선도, 클래식 음악 모음도, 인턴들의 어설픈 답변도, 10년 묵은 아재 개그도, 가정사나 주변 이야기도 모두 수술방에 있는 이들에게는 '노동가'가 된다.

세상 대부분의 일이 그렇겠지만 수술은 결과가 전부다. 결과가 좋고 환자가 건강을 회복하면 과정은 추억이 되지만, 그렇지 못하면 그 과정은 원인을 찾기 위해 뜯고 헤집어야 할 아픈 기록이 된다. 그래서 피부 봉합을 종료하고 수술을 마친 뒤 거즈로 수술 부위를 덮고 테이프를 붙이면서 짧은 시간이나마 환자 얼굴을 보며 기도하게 된다. 부디 무사히 마취에서 깨기를. 수술 이후 찍은 CT나 MRI에서 병변이 깨끗하게 사라졌기를. 그리고 아무 탈 없이 퇴원하기를.

병원의 명절 풍경

아침에 출근했더니 간호사 선생님이 요즘 바나나맛 초코파이가 나와서 먹어봤더니 바나나맛이 아닌 꿀맛이라며 난리다. 아니, 바나나맛이면 이름을 바나나파이라고 하지 왜, 라는 아재 같은 생각을 하는 순간 문득 초코파이에 얽힌 추억이 떠올랐다. 그것은 한창 꿈 많은 눈을 가졌던 인턴 시절의 일이다.

인턴들의 주된 일 중 하나는 드레싱dressing이라 부르는 환부 소독이다. (여담이지만 병원에서 소독이란 말 대신 드레싱이라고 해보자. 의사가 '아니, 이분 병원에 근무하고 계시나' 하고 놀랄지 모른다.) 그날은 추석 연휴에 주말까지 쉬게 되는 장기 연휴 기간이었지만 그렇다고 해서 인턴의 일이 달라지진 않았다. 귀성은 언감생심이고 저녁에 퇴근이나 하면 다행인 명절. 아침부터 엄마에게 전화 드려 집에 못 간다고 말하고 일과를 시작하러 병동엘 가는데 문득 그런 생각이 들었다. 나야 돈 번다고 안 가는 셈 치지만 아픈 환자들은 가고 싶어도 못 가는구나. 서글퍼진 마음에 뭔가 해드릴 게 없을까 잠시 고민했다. 그러곤 편의점에 들러 초코파이 몇 박스를 사서 병동으로 올라갔다.

"웬 과자예요, 선생님? 우리 주려고? 호호호."

"아니요. 이건 환자 거."

"?"

의문의 눈빛을 던지는 간호사들을 뒤로하고 드레싱 카트에 초코파이를 단단히 장착한 뒤 벤허처럼 야심차게 출발했다. 뭐든 안 하던 짓을 하려면 몸이 굳어지는 법. 첫 환자에게 수술 부위 드레싱을 해준 뒤 앞에서 우물쭈물하고 있으니 보호자가 되려 물어왔다.

"선생님, 안 가고 뭐 하세요?"

그제야 부스럭부스럭거리며 초코파이 하나를 꺼내 환자 앞에 내밀었다.

"명절인데 차례도 못 지내고 친척들도 못 만나서 속상하죠? 얼른 쾌차하시라고 떡 대신 준비했습니다. 아들이나 손주가 드리는 거다 생각하고 받아주세요. 얼른 나으시구요, 흐흐."

"아이고, 호호호, 우리가 드려야 하는 건데. 감사합니다, 선생님. 잘 먹을게요."

재연 배우 같은 나의 어색함을 감사하게도 즐겁게 받아주시는

환자와 보호자들 덕에 병실마다 웃음이 가득해졌다. 그렇게 한 시간 반쯤 각 병실을 들러 초코파이를 드리면서, 나는 없어진 초코파이의 수만큼이나 많은 이야기를 만날 수 있었다.

추석인데 차례를 못 지내 어떻게 하냐며 웃음기 없이 병실에 누워 계시던 아주머니. 먼 데서 온 친척들 앞에 두고 "아이고, 와 이래 많이 왔노. 머 조은 꼴 보이준다꼬. 얼른 올라가라 안 카나" 하며 웃음을 감추지 못하던 할머니. 바로 옆에서 가족 한 명 없이 간병인과 함께 그 할머니를 바라보던 옆 침대의 할아버지. 오늘이 무슨 날이냐며 되려 물어보던, 허리가 골절돼 꼼짝 못하는 외국인 근로자의 아내. 초코파이 하나를 받고는 마침 들고 계시던 족발을 입에 넣어주시던 간병인 아주머니.

"작년에도 이래 다치가 누워 이쓰따 아이가. 추슥 때만 다친데이. 얄궂구로" 하며 너스레를 떨던 아주머니 환자와 그녀를 곁에서 지켜보려고 일부러 입원한 아저씨. 병원의 구조적 문제를 조목조목 설명해주시던 신문을 자주 읽는 회사원 환자. "당거 안 묵는다. 당뇨 있다 아이가" 하며 옆 할머니에게 초코파이를 떠넘기시고 대신 나에게 주스를 건네주신 할머니.

기록은 기억을 만들고 기억은 추억의 밑거름이 된다. 나는 이날을 기록해 추억으로 삼기로 했다. 그때 그날은 그분들에게 평소와 조금은 다른 하루가 되었을까.

다행히 영구적인 것은 아닙니다

언젠가부터 영화에 환자 목 가운데가 뚫려 있고 거기에 어떤 기구가 박혀 있는 장면이 한번씩 등장한다. 어릴 때만 해도 막연히 담배를 많이 피워 후두암에 걸리면 해야 하는 장치인 줄로만 알았다.

하루에도 몇 개씩 시행하는 기관 절개술에 대해 잠깐 설명하겠다. 중환자실 면담 때 하는 말을 그대로 옮겨오자면,

우리가 잘 때 팔다리가 축 처져 있는 것처럼, 의식이 저하되어 있는 환자의 기도도 처집니다. 그러면 폐가 아무리 멀쩡해도 숨 쉬는 게 어려워지고 적당량의 산소가 공급되지 않아 스트레스 상황에 빠지는데, 그 때문에 삽입하는 것이 기관입니다. 그러나 이 관을 입부터 넣으면 성대를 지나 기관지 안까지 들어가므로 원래는 열렸다 닫혔다 해야 하는 성대가 지속적으로 열려 있어 자칫 성대 마비가 올 수 있습니다. 그렇기에 성대 아래에 기관을 삽입해 성대를 보호하

는 것이 바로 기관절개술입니다. 의식을 회복하고 호흡이 원활해지면 제거할 수 있습니다. 영구적으로 하는 것이 아닙니다.

아무리 일시적인 시술이라지만 멀쩡한 입을 두고 목으로 숨을 쉰다는 것이 지켜보는 가족들에게는 무척 가슴 아픈 일이다. 구멍을 막고 애쓰지 않고서는 의사 전달조차 할 수 없는 본인에게는 더 말할 것도 없고.

아침부터 탕탕탕 책상을 두드리는 소리와 함께 쌕쌕거리며 유달리 거친 소리가 들려왔다. 인턴이었던 나는 소리가 나는 곳을 따라 병실로 들어갔다. 후두암으로 인해 기관 절개를 해야 했던 아저씨가 간호사에게 호통을 치고 있었다. 평소 거친 언사와 불만 가득한 행동으로 담당 간호사들에게 큰 고충을 안겨줬던 아저씨는, 오늘도 뭔가 맘에 안 들었던지 커다란 손동작으로 앞에 서 있는 간호사를 다그치고 있었다. 옆에 가서 이야기를 들어보니 이전 인턴이 목을 소독할 때 따가운 소독약으로 했다는 것이었다. 저런, 얼마나 아프셨을꼬.

아저씨는 늘 무언가를 끄적였다. 환자 침대에 붙은 간이 테이블에 작은 종이를 두고 계속 뭔가를 적어내려갔다. 아저씨의 말을 잘 들으려고 귀를 가까이하다보니 얼굴도 가까이하게 되었고, 그렇게 어느새 마음을 열 정도로 가까워진 아저씨가 내게 보여준 노트에는 많은 것이 적혀 있었다. 병원에서 나가면 하고 싶은 것들, (절대 나을 수 없었던) 이 병이 나으면 만날 사람들, 어제 간호사에게 못되게 한 일에 대한 미안함, 나에 대한 이야기…… 아저씨의 쇳소리만큼이나 내용을 알아보기 힘든 그 글들이 눈에 들어오기 시작했을 때, 우리는 어느새 아침 소독 시간마다 이런저런 이야기를 나누는 사이가 되었고, 이따금 이야기는 눈물을 내비치는 것으로 맺어졌다.

"아저씨가 선생님은 싫어하지 않네요?"

내가 내과 병동을 돌면서 들었던 그 어떤 것보다 더 기쁘고 고마운 말이었다. 그런 아저씨와의 추억을 뒤로하고 신경외과 전공의가 되어 허덕이는 하루를 보내다가, 누워 있는 환자의 절개된 기관을 보면서 옛일이 떠올랐다. '아, 이분도 얼른 일어나서 예전에 내가 그랬듯 새로 온 인턴들과 대화를 나누었으면 좋겠다. 그래서 그 기억들이 의사들 마음속에 남았으면 좋겠다.'

부디 기관 절개에 대한 내 설명 중 '영구적으로 하는 것은 아닙니다'란 말이, 누워 있는 자와 또 그를 바라보는 자들에게 위로가 되기를.

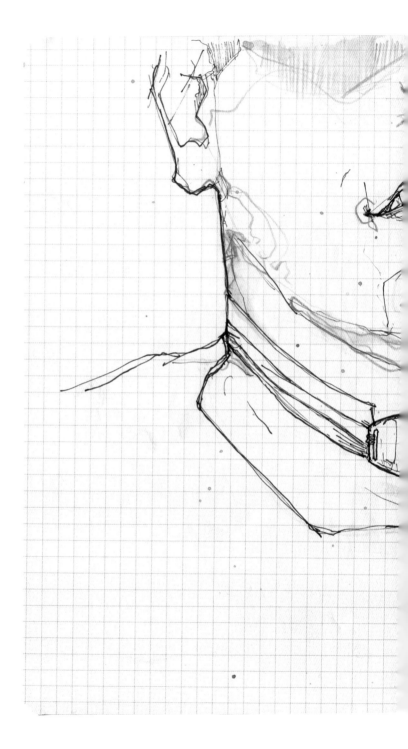

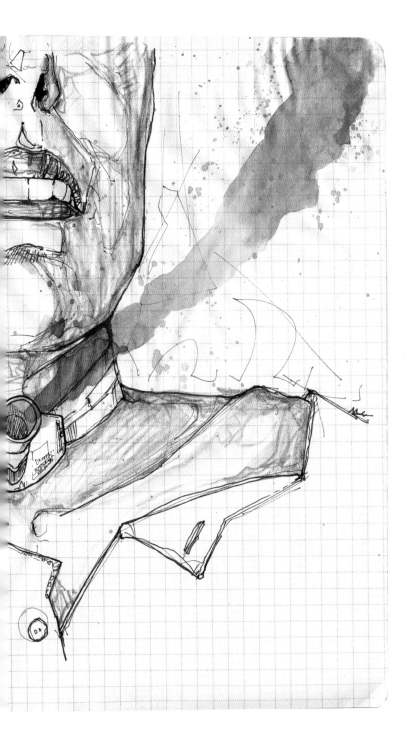

안녕하지 못한 사람에게 안녕을 묻는 직업

"제가 왜 선생님을 믿어야 하죠?"

헨리 마시의 책『참 괜찮은 죽음』에는 합병증이 발생한 환자에 대한 인상 깊은 이야기가 있다. 의사라면 대부분은 겪을 그런 일이다. 위의 구절은 수술 후 합병증이 발생한 환자가 책의 저자인 담당 의사에게 묻는 말이다. 서로에게 참으로 아픈 질문이다.

대부분의 대학병원은 아침에 회진을 돈다. 대학병원을 경험한 사람뿐만 아니라 의학 드라마를 즐겨 본 사람이라면 젊은 의사들과 함께 교수님들이 병실을 돌아다니며 환자를 만나고 간밤의 일을 체크하는 모습을 기억할 것이다. 그러나 실제 회진은 〈하얀 거탑〉의 장준혁처럼 권위적이지도, 영화 〈패치 아담스〉에 나오는 재수 없는 의사들처럼 비인간적이지도 않다.

"안녕하세요"로 시작되는 회진은 말 그대로 간밤에 환자가 안녕했는가를 확인하는 데서 시작된다. 아무리 피곤해도 직장인이 아침 회의에 빠질 수 없는 것처럼, 잠을 못 잤어도, 응급수술을 했어도 아침 회진은 의사의 업무에서 빼놓을 수 없는 일상이다. 그러나 회의가 그렇듯이 의사의 회진 역시 순탄하지만은 않다. 환자들은 지난밤 안녕보다는 아픔을 더 많이 겪었기 때문이다. 안녕하지 못한 사람들에게 안녕을 묻는 와중에 환자들은 자신의 문제를 하나둘 털어놓기 시작한다.

문제에 대한 공감보다 해결을 하려는 것이 '화성인'의 특징이라면, 의사는 화성에서 온 것이 분명하다. 그런 의사에게 까다로운 것은 바로 해결되지 않는 문제들이다.

"MRI상에서는 다행히 아무 문제도 없습니다."

"그럼 머리가 왜 아프죠?"

"큰 문제는 아닐 겁니다."

회진 중에 곧잘 경험하는 답답한 문답이다. 환자는 문제의 원인을 알고 싶어하고, 의사는 해결할 필요가 있는 원인의 유무만을 찾다보니 생기는 엇갈림. 서로 다른 곳을 향한 이런 대화가 길어지면 환자와 의사 둘 다에게 어색하고 어려운 시간이 찾아오기 마련이다. 그렇지만 이것이 가장 힘든 대화는 아니다. 가장 힘든 건 바로 수술 후 합병증이 발생하거나 혹은 좋아지지 않는 환자 앞에 섰을 때이다.

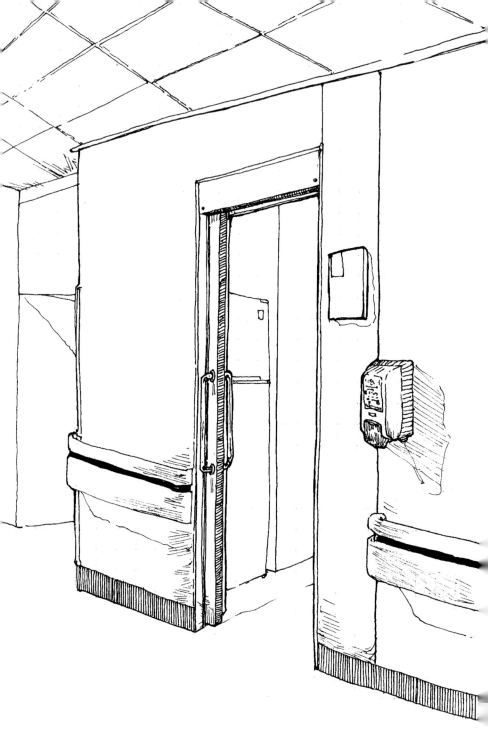

수만 개의 신경다발이 뭉쳐 있는 뇌와 척수를 건드리는 수술이 간단하거나 쉬울 리 없다. 완벽을 기하는 오랜 시간의 수술 중에는 예상했던 문제도, 그리고 전혀 예상치 못했던 문제도 발생할 수 있다. 무엇보다 신경은 아주 미세한 것 하나라도 환자나 그를 지켜보는 보호자의 일생을 통째로 뒤바꿔놓을 수 있다. 허리 수술 후 다리에 마비가 온 환자를 아침마다 만나서 안녕을 묻는 것, 머리 수술 이후 언어장애가 온 환자에게 아침마다 안녕을 묻는 것, 큰 위험 부담을 안고 수술한 뒤에도 도무지 통증이 가라앉지 않는 환자에게 안녕을 묻는 것, 이것이 가장 힘든 회진이다.

아픔과 괴로움과 걱정과 불신, 그럼에도 불구하고 이 병상을 떠나기 힘든 환자의 얼굴을 만나러 걸어가는 복도는 너무나 길고 무겁다.

의사 만들어줘서 감사합니다

"선생님, 혼자 있어요? 뭐 해요?"

중환자실 옆에 붙어 있는 의국에서 환자의 전자 차트를 뒤적이던 어느 날, 간호사 선생님이 문을 빼꼼 열고 그 사이로 얼굴을 내밀었다.

"그냥 있는데?" 하는 순간 우르르 간호사 선생님들이 의국으로 들어왔다. 손에는 케이크가 들려 있었다. 나도 잊어버렸던 내 생일을 기억해 케이크를 가져온 것이다. 잠깐의 생일 축하 폭풍이 지나간 뒤 나는 조용한 의국에 앉아 편지를 쓰기 시작했다.

많을 때는 100여 명에 달하는 신경외과 환자를 전공의 네 명이 큰 탈 없이 보려면 정말 많은 사람의 도움이 필요하다. 그리고 그중 가장 큰 역할을 하는 이들이 바로 간호사 선생님들이다. 수십 명씩 되는 환자의 불만을 들어주는 이도 간호사이고, 병동에서 발생한 급작스런 문제를 가장 먼저 파악해야 하는 이도 간호사이며, 약이 처방에 맞게 잘 들어가는지, 약이 들어가는 팔에 문제는 없는지 확인해야 하는 이도 간호사 선생님들이다. 환자 상태가 이상하면 의사는 환자를 확인하고 "brain CT 한번 찍어봅시다"라고 말하면 된다. 하지만 CT실에 급한 영상이 있다고 연락하고, CT가 밀려 있으면 우리 환자가 급하다면서 부탁해야 하며, 환자를 이동침대에 옮기고 수많은 라인을 정리해 CT실로 환자를 보낼 뿐 아니라, 환자가 자꾸 움직여 CT를 찍지 못하게 된다는 전화를 받아야 하고, 행여 라인 정리를 잘못했다고 CT실에서 연락 오면 위 선생님께 혼나기 일쑤이고, 우여곡절 끝에 환자가 CT를 찍은 후 다시 병실에 도착하면 원래 침대로 옮겨야 하고, 그 잠깐 동안 환자 상태에 차이는 없는지 생체 징후를 체크하고 라인을 점검하며 근력과 동공을 확인하고 의사에게 전해야 하는 것은 모두 간호사 선생님들의 몫이다. 이 짧지 않은 과정 중 하나라도 지체되면 "왜 이렇게 CT가 늦어요?"라는 짜증 섞인 목소리에 이유를 마련해야 하는 것도 그들의 업무다. 하지만 여기까지는 평범한 일상이다. 주치의가 아직 여물지 않은 경력의 소유자라면 간호사 선생님들의 일은 두세 배 더 많아진다.

모든 일의 시작은 대개 불완전하듯 의사의 업무도 그러한데, 아무리 인턴 시절을 거쳤다고 해도 환자를 직접 진료한 것은 아니기에 레지던트가 되어 주치의를 맡게 되면 처음엔 실수의 연발이다. 이 실수를 오더가 실행되기 전에 파악하는 것도 간호사 선생님 몫 이다. 척추 골절이 생겨 꼼짝없이 누워 있어야 하는 환자에게 일어 서서 찍는 흉부 엑스레이가 처방 나면 이를 걸러내는 것 정도는 애 교다. 베테랑 간호사 선생님들은 오랫동안 상당수 주치의를 배출(?) 해낸 경험으로 이런 주치의의 실수를 놓치지 않고 찾아내 의사와 다시 상의한다. 생애 처음으로 주치의란에 내 이름이 적힌 환자들 에게서 열이 나거나 호흡이 가빠지거나 의식이 처지거나 심박수가 올라갈 때, 머릿속을 가득 메웠던 의학 지식이 하얗게 사라져 우왕 좌왕하고 있는 주치의 옆에서 "피검사 한번 나가볼까요? 수액 들 어가는 게 없던데 하나 달아줄까요, 선생님?" 하며 슬쩍 도움을 주 는 이도 베테랑 간호사 선생님이다.

레지던트 4년. 짧지만 긴 시간이 흐르면 어느새 의사는 응급 상황을 능숙하게 컨트롤할 수 있는 베테랑으로 성장해 있다. 불 과 4년 만에 그런 성장이 가능한 까닭은 정말 많은 사람의 도움이 있기 때문이고, 그 중심엔 언제나 함께 일하는 동료, 간호사 선생 님들이 계신다.

내가 쓴 답장에는 중환자실을 담당하고 있는 간호사와 조무사 선생님들의 이름이 하나하나 들어갔다. 평소의 고마움을 한 줄로 표현하자니 글줄이 부족한 나에게는 영 어려운 일이었지만 편지 말미엔 언젠가 그들에게 꼭 전해주고 싶었던 말을 적었다.

"의사 만들어줘서 고맙습니다. 잊지 않을게요."

하루에 수술만 세 번

시장에는 장날이 있고, 명절에는 대목이 있듯이 병원에도 '날'이 있다. 응급실을 통해 물밀 듯이 중환자가 몰려온다거나, 입원 중이던 환자가 갑자기 경련을 일으킨다거나, 중환자실 환자가 불현듯 호흡이 곤란해지는 일이 동시다발적으로 생기는 날. 심지어 전공의 모두가 수술방에 들어가 수술을 보조하는 와중에 이런 일이 생기면 의사, 간호사 할 것 없이 모두 너덜너덜해진다. 그런 '날'이 신경외과라고 없을 리 없다. 아니, 오히려 그런 날이 심심찮게 이어지는 과가 바로 신경외과다.

"이번 주는 응급 수술이 계속 있었네요, 교수님."

"그러게. 오늘은 예정된 수술도 없으니 좀 쉬자."

오 마이 갓! 우리에게 잘못이 있다면 아침부터 이런 경솔한 대화를 나눈 것일까. 의자에 살짝 엉덩이를 걸치는 순간 신경과에서 연락이 온다.

"뇌경색 환자입니다. 반복적으로 경색이 발생하고 있어요. 아마도 예전부터 좁아진 ICA internal cervical artery 내경동맥가 원인인 것 같습니다. 응급으로 뇌혈관문합술STA–MCA bypass을 시행했으면 하는데요."

도시의 낡은 파이프처럼 찌꺼기가 쌓이고 좁아져 막혀버린 내경동맥을 대신해 두피에 있는 얕은관자동맥superficial temporal artery, STA을 박리한 뒤 머리 안으로 집어넣어 중대뇌동맥middle cerebral artery, MCA과 연결해 피를 공급하는 수술이 바로 뇌혈관문합술이다. 이해를 돕기 위해 비유를 들자면, 경부선이 막혀 대구로 가는 물자가 정체되어 있으니 서울에서 광주로 가는 기차선로의 방향을 틀어 경부선의 막힌 구간 뒤에 연결하는 것과 같다. 설명은 쉽지만 머리카락같이 가느다란 혈관을 다치지 않게 박리하여 연결해야 하니 긴 시간과 고도의 집중력이 요구되는 수술이다. 끝나고 나면 모두가 기진맥진할 정도지만, 그래도 0.02밀리미터의 실로 혈관을 봉합하고 임시로 막았던 클립을 제거하면 혈관은 다시 쿵덕쿵덕 뛰기 시작해 큰 희열을 안긴다.

맨눈으로는 절대 할 수 없는 수술이기에 수술방 안에 있는 미세현미경의 도움을 받는다. 나는 현미경의 보조경에 눈을 대고 교수님 수술에 첫 번째 어시스트로 들어간다. 손의 작은 떨림도 현미경

속에서는 널뛰는 것처럼 보이므로 여간 조심스러운 게 아니다. 혈관이 마르지 않도록 물을 뿌리려고 손을 내밀었다가 실수로 교수님 손이라도 건드리면 돌이킬 수 없는 일이 벌어질 수도 있다. 그런 일은 부디 상상 속에서만 일어나길 빌면서 보조경을 다시 뚫어져라 쳐다본다.

무사히 혈관을 연결하고 초음파로 '콰우 콰우' 기분 좋은 재관류 소리를 듣는 와중에 전화가 울린다. 이번에도 신경과다.

"선생님, 자꾸 전화 드려 죄송합니다. 뇌경색 환자인데, 뇌부종이 심해서 빨리 감압적 개두술decompressive craniectomy을 해줘야 할 것 같아 연락드렸습니다. 부탁드립니다."

하아! 냄비가 끓으면 뚜껑을 열어두듯이, 뇌 안에 어떤 문제가 생겨서 뇌가 부어오르면 딱딱하고 좁은 두개골의 일부분을 잠시 열어둔다. 이를 감압적 개두술이라 한다. 수술 자체는 그리 어렵지 않지만 뇌부종이 심하다는 것 자체가 환자의 좋지 않은 예후를 말해주기에 이런 환자는 수술 이후에도 안심할 수 없다. 그렇지만 두피를 가르고 두개골을 열기만 하면 되는 비교적 간단한(?) 수술이어서 전공의가 적극적으로 참여할 수 있다. 이처럼 주어지는 기회에 불평할 순 없다. 투덜대면서 할 건 또 하는 게 신경외과의의 자존심 아닌가. 첫 번째 수술을 마치자마자 두 번째 수술 준비에 들어간다.

"○○ 환자, 왼편 측두엽으로 감압적 개두술 시작하겠습니다."

모든 준비가 끝나고 환자의 몸에 칼을 대기 직전, 수술방에서는 한 번 더 환자의 정보를 재확인해야 한다. 환자와 수술 부위 등등. 나는 일부러 큰소리로 우렁차게 읊는다. 그래야 모두 기운이 나지 않겠는가!

교수님 손의 메스와 내 손의 석션suction이 무협 영화의 잘 짜인 합처럼 환자의 머리 위를 오간다. 이 합이 잘 맞으면 기가 막히지만 틀어지면 교수님의 마스크 안에서 들려오는 작은 한숨에도 가슴이 철렁한다. 그러나 이미 이어지는 긴 수술로 손은 풀릴 대로 풀린 상태. 환자 머리 위로 알아서 손들이 춤을 춘다. 두개골을 드릴로 절단하며 삼바를 추는 와중에 다시 교수님의 전화벨이 울린다. 설마!

그러나 그 설마가 나, 교수님, 수술방 간호사, 마취과 선생님, 마취과 간호사 모두를 잡았다. 또 문합술이다. 신경과 선생님께서 이미 확인하셨겠지만 다시 한번 눈 씻고 환자의 차트를 확인해본다. 사십대의 젊은 남성, 피 검사 수치도 모두 문제없으며 특별히 복용하는 약도 없다. 수술 전 촬영한 뇌혈관 CT가 우리에게 말해주고 있었다.

'수술만 잘되면 살 수 있어.'

자, 이제 계산해보자. 아침 8시부터 수술을 시작했고, 새로 시작될 문합술을 끝내면 밤 10시가 될 것이다. 계산이 끝날 때쯤 해서 나는 스스로 새로운 미션을 부여했다.

'수술 끝나고 하이파이브를 하자!'

다른 사람을 살린다고 오랜 시간 고생하면서 수술이 끝날 때 피곤함만 남기고 싶진 않았다. 드디어 세 번째 수술이 시작되었다.

"○○ 환자, 오른쪽으로 문합술 시행합니다!"

이전보다 더 우렁차게 시작을 알렸다. 교수님이 물었다.

"너는 안 피곤하니?"

그리고 슬슬 나의 허세가 시작됐다.

"하나도 안 피곤한데요, 교수님."

정신줄 제대로 부여잡고 수술하랴, 소독 간호사scrub nurse나 마취과 선생님들 기운 나게 하랴, 손도 입도 부지런해야 했던 세 번째 수술이었다. 한창 수술하는 와중에 밖에서는 첫 번째 수술 환자가 마취에서 무사히 깨어났다는 연락이 왔고, 때마침 이제 막 연결된 환자의 혈관도 제 기능을 하기 시작했다. 기분 좋은 초음파 소리가 수술방에 울려퍼졌다. 모든 결과가 내가 세운 목표를 향해 가는 데 도움을 주고 있었다.

중요한 부분의 수술을 마치고 이제 두피를 봉합해 닫는 일만 남았다. 두부의 근육을 연결하고 중간층을 연결한 뒤 마지막으로 두피를 연결하고 소독하고 거즈를 붙이고 탁! 수술이 끝났다! 으아아. 장장 12시간의 수술이 그제야 종료됐지만 수술방 안의 누구도 피로한 기색을 내비치지 않았다.

"수고하셨습니다."

고생했다며 한 명 한 명에게 하이파이브를 했다. 그 순간만큼은 나사의 관제탑 못지않은 분위기였다. 그렇게 길었던 하루가 끝났다. 내 계획대로.

살다보면 때로 그런 날이 있고, 그런 날을 이렇게 만들 수도 있다. 이런 일이 쌓이면 나름의 자신감도 생긴다. 어디서든 행복할 수 있는 방법을 알고 있다는 자신감. 하이파이브, 끝!

공포가 옅어지는 시간

'해악'의 고유명사와도 같은 담배. 굳이 담배나 폐암과 관련된 무시무시한 통계치를 들이대지 않아도 우리는 담배가 몸에 얼마나 해로운지를 잘 알고 있다.

"담배 피우세요?"

요즘 사람들이 소개팅이나 회사 등 일상에서 흔히 묻는 이 질문에는 사실 정해진 답이 있다. 그리고 혹시라도 애써 그 답을 피해 '나는 담배를 피웁니다'라고 하면 따가운 눈총을 받을 각오를 해야 한다. 건강에 나쁜 기호식품 정도가 아닌, 이제는 사회적 터부가 되어가는 담배. 그러나 담배 연기는 이따금 가장 어울리지 않는 곳에서 피어오른다.

병원 전역이 금연 구역임에도 불구하고, 다른 건물과 마찬가지로 여기서도 '간이' 흡연 구역은 생겨나기 마련이다. 그러나 부드러운 연두색 병원복을 입은 환자들이 삼삼오오 모여 담배에 불을 붙이는 장면은 다른 어느 곳에서도 볼 수 없는 이질감을 풍긴다. '간 이흡연구역'은 마치 도깨비 시장처럼, 아무리 권고해도 사라지지 않고, 사라지는 듯했다가도 며칠 지나면 다시 생겨난다. 나는 그 길을 지나는 와중에 내 환자가 보이면 달려가 소리친다.

"아저씨, 담배 피우지 마시라니까요! 죽어요, 죽어!"

"알겠다. 요거 하나만 피고 드갈게."

"담배에 하나가 어디 있어요! 수술 잘 받아놓고 담배 피우면 어떻게 해요?"

어른들이 집 안에서 당당하게 담배를 피우던 유년 시절을 겪었기에 나는 담배에 대한 거부감도 이질감도 별로 없다. 그러나 병원에서 링거를 꽂은 채로 폴대_{링거를 꽂고 움직일 수 있는 대}를 끌고 나가 간이구역에서 담배를 피우는 환자들을 대할 때는 달랐다. 살 뺀다고 해놓고서 고칼로리 음식을 양껏 먹는 이들은 이해할 수 있다. 다이어트란 원래 그런 거니까. 그런데 지금 환자들 눈앞에 있는 건 그저 출렁이는 뱃살이 아니라 덜렁거리는 팔다리이거나 위를 잘라낸 뒤 남은 복부 흉터가 아닌가? 죽음은 빠른 속도로 달려오고 있는데 위기감은 눈을 씻고 찾아봐도 없다!

모야모야병_{Moyamoya disease}이라는 뇌혈관병이 있다. 심장에서 머리로 가는 가장 굵은 양측 대뇌동맥이 점점 가늘어지다 못해 거의 보이지 않게 되는 병이다. 그러면 뇌에 부족한 혈류를 공급하기 위해 새로운 혈관을 만들게 되는데, 이 신생 혈관들은 태생적 특성상 아주 많고, 가늘며, 약하다. 그렇기에 혈관이 꼭 연기처럼 모락모락 피어난다고 해서 이름도 모야모야병이다. 약한 혈관이기에 잘 막히기도, 잘 터지기도 한다. 즉, 일반인에 비해 뇌출혈이나 뇌경색 가능성이 매우 높다. 그런 모야모야병 환자에게 뇌혈관을 수축시키는 데 커다란 원인이 되는 담배는 그야말로 불 속에 폭탄을 던지는 것이나 다름없다. 최씨 아저씨는 모야모야병 환자다. 반복되는 뇌출혈로 이미 좌측 손은 잘 움직이지도 못하며, 두피를 먹여 살리는 혈관을 머리 안으로 심는 수술까지 받았다. 수술 후 발생할 수 있는 혈류의 변화 역시 뇌출혈 가능성을 가지고 있으므로 의사와 간호사는 노심초사하며 매일 상처를 체크하고 환자 상태를 확인하며 값비싼 뇌혈관 초음파 검사를 시행한다. 그러나 아저씨와 나는 오늘도 바쁜 아침, 1층 화단에서 조우한다.

나라고 죽네 사네 하는 험악한 대화를 갓 수술받은 환자와 나누고 싶진 않다. 그렇지만 담배 냄새 가득 안고 그 환자가 병실로 돌아가면, 꾹 참았던 다른 환자들도 담배 생각이 날 게 뻔하지 않은가? 아니, 그보다 환자가 잘못되면? 하다못해 수술 부위가 잘 아물지 않을 경우 생길 문제만 해도 A4 용지 하나를 빼곡히 채울 수 있을 정도인데, 심지어 뇌혈관에 문제가 생기면 어떻게 하나? 수백만 원짜리 수술을 받아놓고 고작 4000원짜리 담배 하나 때문에 나빠진다고 생각하면 억울하지 않을까.

시간이 지나 아저씨가 피워낸 연기가 내 눈에서 사라질 즈음이 되어서야 나는 아저씨를 이해하기 시작했다. 공포는 가장 원초적인 감각이기에 효과도 월등하지만 휘발성도 강하다. 어떤 질병이 자신의 현재와 미래를 파괴할 것이라는 무시무시한 공포는 병원에서 주사를 맞고 며칠 잠을 자는 순간 이내 희석되고 만다. 내성이 생기는 것이다. 옅어진 공포는 흡연 혹은 질병에 나쁜 것에 대한 갈망을 끝내 뒤덮지 못한다. 수술이나 합병증? 아무것도 아니다. 공포가 희석되는 데 시간이 조금 더 오래 걸릴 뿐이다. 사지의 혈관에 염증이 생겨 결국은 썩은 사지를 절단해야 하는 버거씨병Burgers disease 환자가 몇 개 부족한 손가락에 젓가락을 테이프로 고정시켜 젓가락 사이에 담배를 끼워넣어 피우는 일은, 그렇지 않고서는 설명이 되질 않는다.

아저씨의 손에서 담배를 멀리 떨어뜨리기 위해 나는 공포를 상기시키는 것 말고 다른 방법을 강구해야 했다. 만날 때마다 주머니에서 담배를 압수하는 정공법, 엘리베이터에서 마주칠 때마다 수술 경과가 좋아졌다며 오늘도 힘내자고 하는 회유법, 이번이 마지막이고 다음번엔 수술도 못 한다고 사정하는 배수의 진 치기, 머리는 머린데 탈모와 발기부전은 어떻게 할 거냐고 설명하는 양동법.(그래, 어릴 적 읽은 『삼국지』의 전략 전술은 이럴 때 써먹는 거다!) 아저씨는 다행히 합병증 없이 무사히 퇴원했다. 담배를 끊었냐고? 글쎄, 적어도 내려가는 엘리베이터에서 나를 마주치면 멋쩍어하며 다시 올라가는 엘리베이터로 갈아 타신 걸 보면 효과가 전혀 없었던 건 아니지 싶다.

　담배와는 조금 다른 이야기지만, 병원에는 '절대 안정'이라는 것이 있다. 침대에서 상체를 조금도 들지 말아야 하는 절대 안정ABR, absolute bed rest은, 여간해서는 젊은이들도 좀이 쑤시고 등이 아파 견디기 힘들어한다. 그런 자세를 노인들이 일주일 동안 한다는 것은 차라리 고문에 가깝다. 치료하다보면 이내 벌떡 벌떡 일어나 돌아다니기 일쑤다. 골절이 심해진다며 얼른 누우라고 하는 의사나 간호사에게 오히려 화를 버럭 내시는 것은 덤이다. 그렇기에 나는 응급실에서 아예 이런 말로 못을 박아버린다.

　"어르신, 사람이 참 간사합니다. 내 눈앞에서 팔이 덜렁덜렁거리면 겁이 나서라도 하라는 대로 할 텐데, 척추 골절은 눈에 보이질 않으니 그렇게 되질 않습니다. 그러니까 제 말 잘 기억해두시고 딱 일주일만 참아서 낫게 해봅시다."

그러나 나는 안다, 환자들이 곧 내 말을 잊어버리리라는 걸. 그러니 지금 하는 말의 화살은 환자들을 향한 게 아니라 보호자들을 향한 것이다. 병동에서 "거봐, 그때 의사가 뭐라 그랬어"라며 보호자가 환자를 어르는 소리가 들려온다면 내 화살은 방향을 잘 잡은 것이다.

의료 행위의 끝은 어디인가

워낙에 '그런' 도구를 많이 쓰기에 정형외과 의사들에게는 목수라는 별명이 따라붙는다. 그러나 의외로, 아니 어쩌면 당연하게 신경외과에도 그림에서 보듯 '그런' 도구들이 즐비하다. 신경을 만지려면 뼈와 근육을 먼저 건드려야 하니 말이다.

척추의 압박골절compression fracture에 대해 잠시 이야기해볼 참이다. 척추도 뼈이기에 골다공증도 걸리고 오래 쓰면 연식(?)이 차기도 하며, 또 충격을 받으면 부러진다. 팔다리같이 장골long bone이라면 뚝 하고 부러지겠지만, 척추는 꼭 참치캔이 찌그러지듯 주저앉는다. 그렇기에 척추의 골절을 대개 압박골절이라고 한다.

압박골절 치료의 기본은 절대 안정이다. 절대 안정은 말 그대로 푹 쉬라는 뜻이 아니라, '침대에서 절대 일어나지 마세요!'의 강조형이다. 다리가 부러지면 깁스를 하지만 척추는 그럴 수 없기에, 부러진 뼈에 체중이 실려서 더 주저앉는 것을 막으려면 오로지 누워 있는 것만이 정답이기 때문이다.

그럼에도 불구하고 통증이 지속된다면 고려해볼 수 있는 게 척추성형술vertebroplasty이다. 성형술이라지만 척추의 콧대를 세우거나 앞트임을 하는 건 아니고, 부러진 척추뼈 안에 의료용 시멘트를 삽입해서 뼈를 단단하게 하는 시술이다. 30분 만에 끝나는 간단한 과정이지만 시술할 수 있는 의료 보험 조건이 좀 까다롭다. 부러진 환자 가운데 골다공증이 있는 환자만 가능하고, 또 바로 할 수 있

는 게 아니라 14일간의 절대 안정을 취했음에도 골절이 진행되거나 통증이 있을 때만 척추성형술 대상에 포함된다. 그런 탓에 "왜 나는 바로 시술 안 해줍니꺼?" 하시는 할머님들도 있는데, 이때 보험 기준을 설명하기란 언제나 대략 난감.

그럼 그렇게 까다로운 조건으로 시행한 시술이 잘되었는지는 어떻게 알까? 그건 환자 몸속을 훤히 들여다보는 엑스레이를 통해서나 환자 몸속에 들어간 시멘트 양을 보고 가늠할 수 있는 게 아니다. 바로 단 한 가지, 시술 받은 환자의 통증이 호전되었는가를 보고 판단한다.

난 이게 무척이나 신기했다. 한동안 의료 업무에 시달리다보면 사람이 아니라 질병만 보고 있는 자신을 발견하게 된다. 그러고선 그 질병에 대한 답만 내버리곤 끝이다. 다음 환자, 아니 다음 질병을 해결해야 하니까. 그런 탓에 의사와 환자 사이에 안쓰러운 대화가 이어진다.

"시술을 했는데 왜 아픕니까?"

"시술을 했으니 더는 해드릴 게 없습니다."

이런 것에 익숙해질 즈음 만난 척추성형술의 '통증이 호전되어야 끝'이란 기준은 많은 생각을 자아냈다. 결국 모든 답은 환자 안에 있으며, 그걸 보지 않고서는 아무런 답도 낼 수 없다.

머리에 구멍이 날 수도 있습니다

신경외과 수술에는 다양한 기구를 사용한다. 눈에 보이지도 않는 가느다란 굵기의 신경은 한번 다치면 기능을 회복하는 데 엄청나게 오랜 시간이 걸리기에 수술 부위는 반드시 고정해야 한다. 수술 중간에 환자가 움찔할 경우, 바삐 움직이는 손이 환자의 신경이나 혈관을 건드리기라도 하면 자칫 큰일 날 수 있다. 그래서 신경외과 수술은 전신마취가 끝나면 환자의 수술 부위를 단단히 고정하는 데서부터 시작된다.

머리를 고정하는 기구에는 여러 종류가 있는데, 어떤 기구든 단단히 하고자 피부가 아닌 '뼈'에 고정한다. 첨단공포증 독자를 배려하기 위해 그림에는 손가락으로 갈음했지만(물론 더 징그럽다는 평을 듣긴 했다), 사실 쇠못보다 더 단단한 핀 세 개가 달려 있다. 이 핀은 피부를 뚫고 두개골에 박혀 어떤 상황에서든 머리를 움직이지 않게 한다. 어느 정도냐 하면, 피닝pinning 머리를 핀으로 고정하는 작업 시

환자가 받는 고통이 마취를 깨울 정도여서, 피닝을 하기 전에는 꼭 마취과 선생님에게 알려줘야 한다. 참, 수술 전에 환자에게 두부를 고정하다보면 두개골에 금이 갈 수도 있다는 설명도 잊어선 안 된다.

선천적으로 가지고 있던 뇌혈관의 기형이 터져 뇌출혈이 발생한 여자아이가 응급실로 실려왔다. 이제 갓 고등학생이 된 아이가 의식이 저하된 채 침대에 누워 있는 것은 여간 가슴 아픈 일이 아니다. 급하게 수술 동의를 구하고 수술방으로 향했다. 긴장 속에서 네 시간이 흘렀고, 다행히도 수술은 잘 끝나 아이는 중환자실에서 의식을 조금씩 되찾았다. 그리고 일주일간 중환자실 치료를 마치고서 일반 병동으로 옮길 만큼 병세가 회복되었다. 병원만큼 '불행 중 다행'이란 말이 어울리는 곳은 없을 듯싶다. 병마에서 회복되면 언제 그랬냐는 듯 모두가 웃음을 띤다. 그러던 어느 날 의국에서 아래 연차 선생님이 불만 가득한 목소리로 내게 이야기했다.

"선생님, 수정이 있잖아요. 수정이 엄마가 회진 갈 때마다 뭐라고 해요."

"왜?"

"피닝할 때 이마에 생긴 구멍 때문에요. 여자애 얼굴에 상처 냈다고 불평이 많아요."

고정하는 핀의 끝은 매우 뾰족하기에 사실 두피에 남는 상처는 그리 크지 않다. 샤프심 굵기의 구멍이 생기는데 이마저도 살이 차오르면 눈에 잘 띄지 않는다.

"죽어가는 사람 살려놨더니 뭐라고?"

"머리에 있는 수술 흉터(절개 부위)는 안 보인데?"

"성형외과로 전과하라 그래!"

의국은 곧 성토의 장으로 변했다. 그간 알게 모르게 쌓여왔던 피로와 서러움이 엉뚱한 곳에서 폭발한 것이다. 그렇지만 도리가 있나. 성토가 한바탕 휩쓸고 지나가면 의국 문을 나서서 병실로 가 정중히 말해야 한다.

'수술 전에 미리 말씀드리지 못해 죄송합니다. 아이 머리의 상처는 금세 나을 겁니다. 작은 상처이기에 흉이 남지는 않을 것이며 최대한 신경 쓰겠습니다. 그러니 너무 염려 마세요.'

의사는 환자나 보호자에게 수술 전에 충분한 설명을 해야 하는데, 여기에는 수술 후에 일어날 많은 일로 하여금 그들을 당황치 않게 하는 것도 포함된다. 수술 전 이마에 상처가 날 수 있다는 한마디만 했어도 벌어지지 않았을 일을 겪는 우리는, 사실 자신의 실수를 두고 스스로 억울해하는 셈이었다.

다행히 아이는 마지막 날까지 큰 탈 없이 무사히 퇴원했고, 그 뒤로 우리는 수술 동의서에 '상처가 날 수 있음'이란 말을 잊지 않고 기입하게 되었다. 아직도 동의서를 받을 때면 생각나는 이런 슬프고 웃긴 일들 사이에서 우리는 성장하고 있다.

내 뺨 좀 긁어주겠어요?

춥다, 몹시 춥다. 바람이 불지 않는데도 살이 에이고 손발이 오그라든다. 그러나 이곳의 다른 사람들은 그렇지 않은 모양이다. 주변을 둘러싸고 있는 엄숙한 분위기 탓에 '좀 추운데요?'라는 가벼운 말조차 나는 꺼내지 못했다. 내 의견에 유일하게 동조했던 사람이 저기 침대 위에 잠들어 있기 때문이다. 전신 마취가 된 채로. 아, 아문센의 남극 탐험기가 아니다. 수술방 이야기다.

수술방은 대개 온도를 낮게 유지한다. 온도가 낮아지면 환자의 혈액 순환이 느려지고, 이는 출혈이나 감염 등 수술 중 발생 가능한 갖은 합병증을 줄여주기 때문이다. 그렇지만 정말 춥다. 한여름이라도 춥다! 수술복에 수술 가운을 칭칭 감아도 역시나 춥다!

사실 건강할 때야 수술방 추위가 크게 거슬리지 않는다. 그렇지만 그날은 평소 잘 걸리지도 않는 감기에 된통 걸린 날이었다. (언제나 감기를 연례행사처럼 치르던 나이지만, 이상하게도 병원 일을 시작하고는 단 한 번도 걸리지 않았다.) 환자 침대를 밀어 수술방 앞에 선 순간 스르륵 열리는 수술방 문 사이로 한기가 밀려들어왔다.

'그래, 약도 먹었으니 어떻게든 버텨보자.'

다행히 생각보다 머리가 아프거나 숨 쉬기 곤란하거나 침을 삼킬 때 목이 아프거나 하진 않았다. 한기도 견딜 만했다. 그렇게 수술은 점점 정점을 향해 달려가고 있었다. 적막의 한가운데에 교수님의 전기소작 소리와 내 석션 소리만 울려 퍼졌다. 그러던 중 응급 상황이 발생했다. 환자 수술 부위가 아니었다. 그건 바로 내마스크 안, 입술 위에서 발생한 것으로, 콧물이 흐르기 시작한 것이다.

수술 중에는 땀이 흐르거나 안경이 삐뚤어지거나 머리가 간지러운 일이 생길 수 있다. 그러나 철저히 멸균되어 있는 서전의 손으로 수술 중 더러운 땀을 닦거나 안경을 고쳐 쓸 수는 없는 노릇이다. 머리를 벅벅 긁으면 안 되는 것은 물론이다. 그렇기에 교수님들은 서큘레이팅 간호사circulating nurse 순환 간호사. 수술방에서 수술 필드에 들어오지 않은 채 여러 일을 한다에게 부탁한다.

"○○ 간호사, 미안한데 왼쪽 뺨 좀 긁어줄 수 있어요?"

좀 이상하게 들리겠지만, 간지러운 걸 계속 신경 쓰다가 수술에 집중 못 하는 상황이 더 최악이기에 이런 요구는 당연하게 받아들

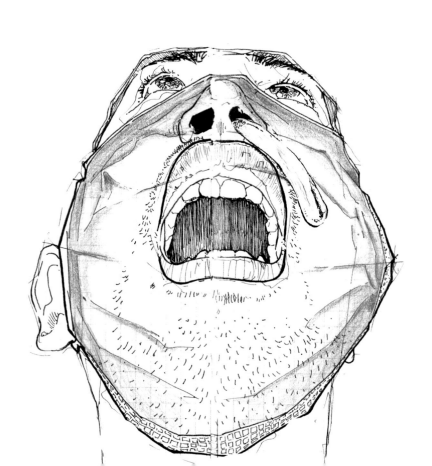

여진다. 그렇지만 이제 갓 수술방에 들어오기 시작한 보조의가 저렇게 부탁할 수는 없다. 참다 참다 너무 힘들면…… 그래도 한 번 더 참는다. 그러다가 수술이 잠시 중단되는 시점에 몰래 서큘레이팅 간호사 선생님에게 다가가 나지막이 부탁한다. 그렇지만 지금 나는 머리가 가려운 것도 땀이 흐르는 것도 아니며, 안타깝게도 인중을 지나 입까지 다다를 것만 같은 콧물을 흘리고 있다!

가족이라도 민망할 콧물 제거를 어떻게 부탁한단 말인가. 심지어 코를 풀려면 멸균마스크를 젖혀야 한다. 그러나 불행히도 나에겐 한창 진행되고 있는 수술을 잠시 멈추고 코를 풀 여유도, '수술 중에 죄송한데 코 좀 풀고 오겠습니다!'라고 당당히 말할 용기도 없었다. 참고 참던 오줌을 지리는 순간 지옥문 앞에 선 듯한 고민은 사라지고 해방감이 찾아온다 했던가. 콧물이 입술가에 닿는 순간 내게도 평화가 찾아왔다. 이제 온전히 수술에 집중할 수 있게 되었다. 어차피 마스크 안 사정이야 아무도 모르는 법. 아니 알든 모르든 이제 와서 뭐가 중요하겠는가.

가장 깨끗해야 하는 곳에서 벌어진 가장 더러운 이야기는, 어쩌면 내 작은 로망 중 하나였던 것 같다. 나는 목적을 위해 견디고, 괜한 일을 벌이고, 너스레를 떠는 걸 즐겼다. 스나이퍼가 목표를 노리기 위해 은폐 엄폐를 한 뒤 며칠이고 같은 자리에서 움직이지 않으며, 심지어는 그 자리에서 소변도 지려버리는 모습을 다큐멘터리에서 본 적이 있다. 나 같은 범인은 감히 흉내도 못 낼 모습이라 생각했는데, 오늘의 콧물은 그 스나이퍼를 향해 가는 작은 오솔길 정도는 되지 않을까 하는 생각을 더러운 콧물과 함께 떠올려본다. 일반적이지 않은 일상이 반복되는 곳. 신경외과 수술방.

신경외과 의사는 지금도 이발사

응급실에 신경외과 환자로 추정되는 이가 실려오면, 더구나 그 환자의 상태가 위독할뿐더러 수술을 염두에 둬야 할 경우라면 환자 곁에는 반드시 몇 가지가 세팅되어 있어야 한다. 첫째, CPR 카트. 여기엔 환자의 기도 및 호흡 그리고 심폐 순환 확보에 필요한 도구들이 담겨 있다. 둘째, 환자의 중심정맥관과 동맥관을 삽입할 수 있는 도구들. 마지막으로 삭도기다. 잠깐, 그런데 삭도기? 인공삽관튜브, 수액 라인, 메스 등이 즐비한 가운데 삭도기가 있다니 어색한가?

수술 전 수술 부위의 헤어hair를 제거하는 것은 수술의 편의성은 물론이며 감염으로부터 환자를 보호하고 수술 후 상처 관리에도 편리한 이점이 있다. 뇌수술이라면 수술 후 감염률의 차이가 없다는 보고가 있어 현재는 메스가 들어가는 공간만 머리를 민다. 그편이 수술 후 외관상에도 좋다. 그렇지만 응급 상황이 펼쳐지는 경우는 다르다. 수술방에서 긴 머리를 다듬고 만질 여유가 없다. 얼마나 빨리 두개골을 열어서 감압해주고 피를 제거하느냐가 관건. 오로지 시간과의 싸움이기에 신경외과 전공의가 되면 처음 배우는 기술이 바로 삭도다.

머리를 밀 땐 기계를 쓰지 않는다. 오래전 영화에서나 보던, 이발사들이 쓰는 중국 식칼 같은 단면 면도기삭도기를 사용한다. 그러나 영화 속 이발사의 근사한 모습과는 많이 다르다. 우린 시간이 없기에 머리에 면도 거품을 바를 수도, 거울을 노려보면서 각을 맞출 수도 없다.

"선생님, 가서 삭도하세요."

3월. 갓 1년차가 되어 위 선생님에게 일을 배우던 때. 응급실에 도착한 신경외과 환자의 상태를 보호자에게 설명하면서, 그들이 수술 동의서에 사인하는 순간 2년차 선생님은 바로 나에게 삭도를 지시했다. 나는 얼른 환자의 머리 아래에 비닐을 깔고 머리카락을 물로 적셨다. 그리고 무균장갑을 낀 뒤 준비된 삭도기로 이마부터 정수리까지 힘을 주어 밀었다.

'사각사각'

슬금슬금 머리카락이 떨어진다. 이쯤 되면 내가 외과 의사인지 이발사인지 궁금해진다. 내과 의사가 맹위를 떨치던 중세 시대, 사람의 살을 자르고 꿰매며 고름을 뽑는 행위는 의사가 아닌 이발사들이 담당했고 아직도 이발관에 걸려 있는 간판에 화석처럼 그 흔적이 남아 있다. (돌아가는 원통형 간판의 빨간 줄은 동맥, 파란 줄은 정맥, 그리고 바탕의 흰색은 붕대를 의미한다.) 살아 있는 화석이 되어 열심히 환자의 머리를 깎다보면 정체성에 대한 고민은 이내 사라지고 어떻게 하면 삭도를 잘할 수 있을까, 어떻게 해야 빨리 깎으면서도 상처를 내지 않을 수 있을까 하는 고민이 앞선다. 고민하는 모습만 보면 거의 수술을 집도하는 의사 수준이다. 그렇게 수십 명의 머리를 깎다보면 어느새 환자의 모근만 수백 배 확대되어 보이는 눈을 갖게 된다. 그런 3월이 지나고 이제 혼자 응급실로 출동해야 하는 5월이 다가오면 시야가 서서히 넓어진다. 죽을 수도 있다는 의사의 경고에도 크게 개의치 않던(혹은 차마 이 상황을 믿으려 하지 않던) 보호자들은 환자의 두피가 파르라니 드러나는 것을 보고서야 실감하기 시작한다. 머리카락이 떨어질수록 훌쩍임은 더해간다. 그렇기에 가급적 삭도하는 모습을 보여주지 않으려고 보호자들을 잠시 처치 구역 밖으로 내보낸 뒤 커튼을 친다. 하지만 그 모습을 꼭 지켜봐야겠다는 보호자들도 있다. 그 앞에서 삭도를 하다보면 어느새 고요해진 순간 한 번씩 들려오는 훌쩍임은 절로 숙연한 마음이 들게 한다. 그렇더라도 손을 늦출 순 없다. 삭도가 끝나도 해야 할 일은 산더미이기에. 누군가의 도움으로 병원에 무사히 도착한 환자를 '나 때문에' 수술방에 늦게 들어가게 할 수는 없다. 그 생각으로 1년차들은 응급실에서 이발사가 되었다가 때론 기계가 되며, 또 도깨비가 되었다가 깡패가 되기도 한다.

나는 어떤 처치나 시술을 하는 순간을 좋아했다. 오로지 환자와 나밖에 존재하지 않는 그 시간이 나쁘게 느껴지지 않았던 것이다. 시끄럽고 급박한 일이 벌어지는 주변을 뒤로하고 오로지 환자와 나에게만 찾아오는 정적이 있다. 응급실에서 삭도를 하던 때가 그랬고, 죽음을 피할 수 없는 환자에게 관례적인 CPR을 시행할 때가 그랬다. 10분 뒤면 딸이 도착하니 그때까지만 CPR을 해달라고 부탁해올 때, 깍지 낀 손은 힘껏 환자의 가슴을 누르고 있지만 누구도 환자가 회생하리라 기대하지 않았다. 생－로－병－사의 길에서 오랜 시간 병마와 싸워온 환자는 이제 '사死'로 옮겨가는 중이었다. 그때 나는 마음속으로 환자에게 말씀 드렸다.

'이제 다 끝나갑니다. 정말 오랫동안 고생하셨습니다. 입에 꽂힌 관도, 팔다리에 주렁주렁 달린 이 줄들도, 아프게 가슴을 누르는 손도, 그리고 환자분을 고생시켰던 병마도 이제는 사라질 겁니다. 곧 따님이 오신다고 합니다. 환자분께서 운명하시는 순간을 반드시 보셔야겠다고 합니다. 환자분이 아픈 만큼 함께 고생했던 따님

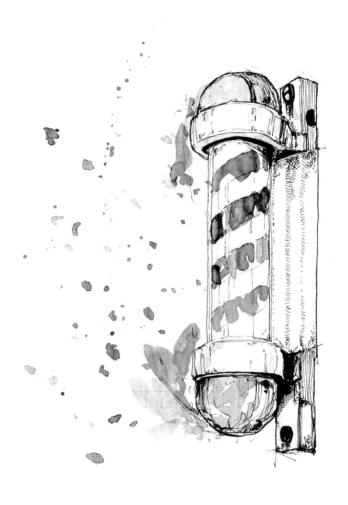

을 이제 와서 불효녀로 만들 수는 없지 않겠습니까. 저랑 같이 조금만 더 힘내봅시다. 이제 곧 편해질 테니, 그 전에 따님 얼굴 한번 더 보고 가셔야지요.'

　절대 피할 수 없는 죽음임을 알면서도 싸울 수밖에 없는 의사의 아이러니에 대한 자기 위안일 수 있지만, 그렇게 해야 사망 선언을 한 뒤의 마음이 그나마 버틸 만했다. 누구인들 병원에서 머리를 깎고 싶고 병실에서 죽음을 맞고 싶겠는가. 그렇지만 마지막에 환자를 둘러싼 모든 이의 마음에 후회란 감정만큼은 남지 않길 바란다.

환자를 위한 것이라는 거짓말

응급실에서는 종종 환자뿐 아니라 함께 온 보호자의 신원을 물어본다. 특히 환자의 의식이 명료하지 않을 때 그러는 이유는, 첫째 환자가 어떤 상황에서 의식을 잃었는지 파악하기 위해, 둘째 환자의 치료 및 처치에 대한 결정권이 누구에게 있는지 확인하기 위해서이며, 마지막으로 의사가 누구에게 설명했는지가 그 자체로 중요하기 때문이다.

눈치 빠르고 경험 많은 의사들은 보호자의 외모나 말투만 보고도 그들이 환자의 자녀인지 배우자인지 친구인지 동네 주민인지, 아니면 행려자를 발견한 길 가던 사람인지를 바로 알아차린다.

"같이 사는 사람입니다."

베테랑 의사는 눈빛만 보고도 그가 남편인지, 동거인인지 단번에 알아차리고 좀더 정확하게 되묻는다. 그 덕에 중요한 정보가 밝혀지기도 한다. '형님'이라고 자신을 소개한 이가 알고 보니 환자의

'친한 동네 형'이었다든가, '아내'라며 찾아온 이가 실은 5년 전 이혼한 (법적) 타인이라는 사실이 드러나는 것이다.

자기가 환자의 아내라고 말한 한 여자는 울며불며 빨리 수술해달라고 요구했는데, 병원에 뒤늦게 도착한 자녀들이 그녀는 동거인일 뿐이며 모든 결정권은 자신들에게 있다고, 자신들은 수술하길 원치 않는다고 했던 일도 있었다. 하지만 환자의 머리는 이미 싹 밀어졌던 터. 그렇다고 1분이 아까운 상황에서 보호자들의 가족확인 증명서를 일일이 떼볼 수도 없는 노릇이었다. 그나마 수술방에 아직 들어가지 않은 것을 다행으로 여겼다. 물론 수술 받지 못한 환자를 보며 의사가 한숨 돌릴 수는 없다. 다만 환자의 순탄치 못했을 가정사를 짐작하는 도리밖에는. 이렇듯 모든 정보가 환자의 향후 치료와 직결되기에 의료진은 보호자들의 신원에 예민할 수밖에 없다.

그런데 병원에 찾아온 환자와 보호자의 신원을 둘러싸고, 촌각을 다투거나 환자의 목숨이 경각에 달린 상황에서도 병원 밖 세상처럼 가십이 떠돈다.

'부인은 부인인데 이혼한 사이래. 어쩐지……'

'아들인 줄 알았는데 조카이고, 결혼은 안 했대. 쉰 살 넘어서까지 결혼 안 하고 뭐했대.'

'저기 마흔여섯 살 된 남자 말이야. 같이 온 사람이 글쎄, 부인이 아닌 애인이라네.'

나도 그랬다. 아니, 내가 그랬다. 마치 치정 전문 탐정이 된 양 떠들어댔다. 치료를 위해 환자 상태를 파악한다는 명분하에 입을 가볍게 놀렸다.

어느 날 여자인 친구와 앉아 이야기를 나누는데, 문득 이런 생각이 들었다. 만약 20년 뒤 내가 저 친구와 이야기를 나누다가 쓰러진다면? 내 친구는 의식을 잃은 나를 두고 어쩔 줄 몰라 하며 응급차에 함께 탈 것이고, 그곳에서 풋내기 의사들의 심문을 받을 것이다. 놀란 가슴 진정시킬 새도 없이 친구라고 자기를 소개한 그녀와 나는 쉰 살이 넘은 나이의 친구관계를 의심 받으며 눈총을 살지도 모른다. 그 응급실에 나 같은 초짜가 있다면 말이다. 나는 알고 보니 성적, 정치적, 사회적, 인종적 소수자들에게 관대한 척하면서 색안경을 끼고 있었던 것 같다.

얼마 전 성형 수술을 마친 환자가 수술 중 몰래 녹취한 내용이 공개된 사건이 있었다. 전신마취 후 수술방에서 의사와 간호사들 사이에 오간 거친 말들은 너무나 적나라했다. 그러나 내 모습을 떠올리면, 과연 그들을 힐난할 자격이 있는가.

환자들은 웃기거나 특별하거나 안타깝거나 신기하거나 더럽거

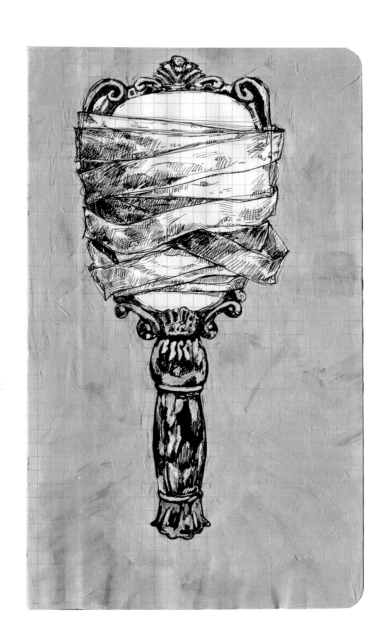

나 무섭거나 뻔하지 않은 많은 일을 가지고 병원에 찾아온다. 그러나 그 어떤 일도 결코 남의 입에 함부로 오르내려도 될 만한 것은 없다.

이 이야기는 한때 제 자신의 부끄러운 경험을 적은 것입니다. 저처럼 부족한 사람 말고 많은 의사는 환자를 성심성의껏 대할 것입니다.

중환자실에 사는 귀신

귀신이 어디에 있는지는 잘 모르겠지만 귀신에 대한 이야기가 존재하는 곳은 안다. 그런 곳에는 대개 공통분모가 있다. 다수의 사람이 모여 있지만 동선이 제한되어 있는 곳, 금기 사항이나 규율 등 행동에 제약이 많은 곳, 신입과 고참이 있는 곳, 각자의 개성이 몰개성이 되어가는 과정을 거치는 곳, 그리고 언젠가는 졸업하고 그곳을 벗어나기에 많은 이야기가 전설로 남을 수 있는 곳. 이를테면 여고나 군대가 정확히 이 조건에 맞아떨어진다. 그러나 가만히 보면 이 모든 조건을 갖춤과 동시에 귀신 발생의 전제 조건인 '죽음'까지 가까이 있는 곳은 바로 병원으로, 이곳이야말로 도처에 귀신 이야기가 존재할 수 있는 기막힌 장소다. 그리고 실제로 병원엔 귀신 이야기가 있다. 많다!

"선생님, 중환자실에 귀신 있는 거 알아요?"

"응? 어디?"

평점 3점 이상의 공포영화는 대부분 섭렵했다고 볼 수 있는 호러 마니아인 나이기에 어지간한 이야기가 아니고서는 솜털 하나 곤두세울 리 없다. 신경외과에 근무하면서 몇 번의 여름을 거쳐오는 동안 내가 중환자실 당직을 설 때면 이따금 납량특집이 자연스레 펼쳐졌지만 기억이 날 만큼 무서웠던 이야기는 없었다. 아니, 많게는 하루에도 몇 명씩 죽음을 맞이하는 중환자실이기에 귀신보다는 오히려 환자가 갑자기 피를 토했다거나 세추레이션^{saturation} 산소포화도이 떨어진다거나 하는 게 훨씬 더 공포스럽다. 그러나 이번 이야기는 조금 달랐다.

"선생님, 중환자실 C-2 구역 알죠?"

"응. 저기 구석에 약간 어두컴컴한 곳?"

"네. 거기에 키 작은 남자 귀신이 있어요."

"그걸 어떻게 알아? 또 친구 중에 귀신 보는 애가 있는데…… 이런 뻔한 이야기는 아니겠지?"

"저를 뭘로 보고…… 그건 아니구요. 얼마 전 C-1 구역으로 들어온 할머니 알죠? 자발성 뇌출혈 환자. 그 할머니가 그랬다니까요."

"뭐라고 했는데?"

"저기 저 사람 좀 나 안 보게 해달라고. 머리맡에 앉아서 자꾸 쳐다보는데 싫다고."

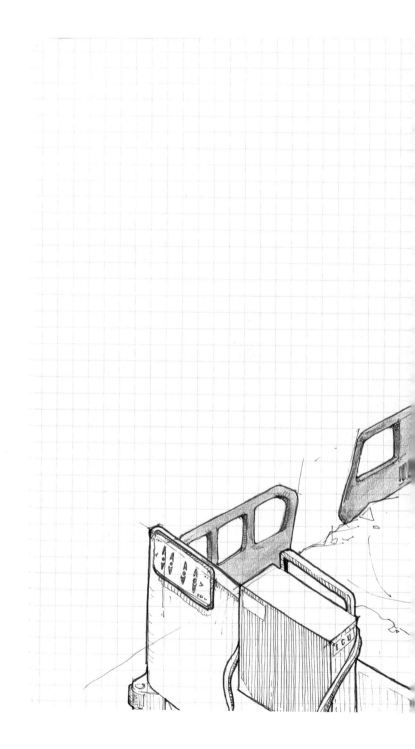

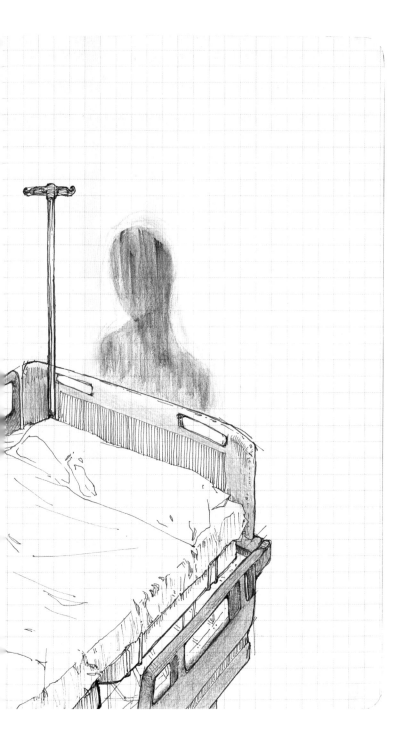

"우리가 delirium섬망 환자 하루 이틀 보냐. 안 그래도 고령의 환자가 중환자실 같은 제한된 공간에 있으면 섬망 증상이 심해지는 데다 뇌출혈 환자잖아. 섬망이 없는 게 오히려 이상하지."

"그렇죠? 그런데 그게 다가 아니에요. 실은 한 달 전에 입원했다가 할머니가 오기 전 병동으로 전실한 환자도 똑같은 소리를 했거든요."

"……"

해부학 실습 때 자신이 해부했던 카데버cadaver 해부실습용 시체를 화장실에서 세수하는 와중에 거울 맞은편에서 만났다고 하는 선배의 이야기나, 아파트에 일렬로 주차된 차 보조석에 귀신이 많다는 이야기를 하며 으스스한 눈빛을 내뿜던 동료의 말이나, 장롱에서 하얀 손이 나오는 걸 보고 질겁하면서 이모들에게 말했더니 원래 거기 한 분 계시니 호들갑 떨지 말라는 꾸중을 들었다는 친한 동생의 이야기도 나를 오싹하게 만들진 못했지만, 병원에서 들은 생생한 귀신 이야기는 한동안 어딜 가도 등 뒤를 서늘하게 만들었다. 그렇지만 희한하게도 무서운 영화를 보고 난 다음의 찝찝함은 없었다. '그리 무섭진 않지만 오늘은 엄마랑 자야겠다' 같은 잔여 공포감도 전혀 없었다. 마치 그런 이야기에 등장하는 고승처럼, 뭐 그리 서럽고 억울해서 아직 이곳을 뜨지 못했나 하는 서글픈 생각마

저 들었다.

　무서운 이야기로 시작했던 우리 대화는 어느덧 이곳을 거쳐간 사람들 중 병동으로 채 올라가지 못하고 먼 길을 떠나야 했던 환자들에 대한 회상으로 이어졌다. 이따금 걱정될 만큼 죽음에 무뎌진 우리지만, 그래도 죽음은 언제나 두렵고 아프다. 또 그 죽음을 바로 옆에서 지켜볼 수밖에 없는 이들의 슬픔도 아직은 우리의 폐부를 찌른다. 아무 잘못한 게 없는데 찾아오는 사고와 질병, 고통과 손실. 병원은 마이너스를 제로로 만들기에는 적합한 공간이지만, 그 제로를 플러스로 만들기에는 참으로 어려운 공간이다. 중환자실의 남자 귀신 분도 (존재한다면) 그 마이너스와 제로 사이에 있는 것이 아닐까. 부디 아쉬운 마음 떨치고 좋은 곳을 향해 가시길 바란다.

누군가에겐 크리스마스의 비극이

달력에 큼지막하게 빨간 동그라미가 쳐졌다. 안 그래도 빨간 숫자 인데 색깔 맞춤으로 빨간 동그라미가 쳐지니 뭔가 의미심장함마 저 느껴진다. 그렇지만 별 날은 아니다. 그저 12월의 스물다섯 번째 날, 크리스마스다. 그날은 수요일. 오프인 사람이 한 명도 없어 시커 먼 남자 네 명 다 의국에서 당직을 서야 했던 날이다. 다행이다. "욱 이는 크리스마스인데 약속 없나?"에 대한 아주 적절한 알리바이가 생겼으니 말이다. 잘 차려입으면 파티 장소에 가 있어도 어색하지 않을 건장한 20~30대의 남자 네 명은 분명 오늘 저녁 의국에 모 여 환자가 오려나 기다리며 이야기꽃을 피우다가 잠자리에 들 것 이다. '케이크나 하나 사볼까' 하는 생각을 하는 순간 내 전화기가 울렸다.

"신경외과 선생님 맞으시죠? 응급실입니다. 환자분 67세 여성이 구요. 갑자기 자택 화장실에서 쓰러져 내원하셨습니다. 지금 의식은 drowsy mentality기면 상태구요, Lt.side weakness좌측 편마비를 보이고 있습니다. 머리 CT를 찍었는데 Right Basal ganglia우측 기저핵에 출혈 소견 보여 연락드립니다."

역시 12월이다. 1년간 트레이닝 받은 인턴의 깔끔한 노티는 언제 들어도 흡족하다. 아, 잠깐, 노티에 흡족해할 때가 아니지. 컴퓨터로 먼저 환자의 CT 사진을 확인했다. 다행히 출혈 양이 수술해야 할 정도로 많지는 않았다. 일단 중환자실에 입원시키고 경과를 봐야 할 것 같다. 빨간 날이라 수술도 없지, 당직이라 약속도 없지, 할 일 없이 의국에서 아령 만지고 교과서 뒤져보고 노래 들으며 누워 있던 의국 지박령 세 명이 모니터를 바라보는 내 뒤통수 뒤에서 이런저런 말을 던진다.

"아, 별거 아니네?"

"그냥 입원시켜놓으면 되겠네."

"BP control혈압 조절 잘 해야 될 것 같네."

"어휴, 저 정도면 왼쪽은 거의 못 움직이겠는데."

"CT angiography뇌혈관 CT에 뭐 하나 있는 거 아닐까?"

아, 어차피 내가 환자 보고 나서 노티하면 할 소리들을 중얼거리는 하이에나들을 뒤로하고 응급실로 나선다. 12월 25일의 오후지만 하늘엔 구름 한 점 없다. 그래, 어차피 나가서 놀지도 못할 거

눈이라도 오지 마라.

"선생님, 뭔가요? 우리 엄마 왜 이래요?"

늘 그래왔듯 황망해하는 보호자와 의식이 저하되어 제대로 대답도 못 하는 환자다.

"뇌출혈입니다. 수술은 하지 않아도 될 정도이지만 그렇다고 안심할 수 있는 건 아닙니다. 5분 뒤에라도 위급한 상황이 찾아올 수 있습니다. 뇌니까요."

"환자 상태에 별 다른 차이가 없다면 내일 CT를 찍어서 출혈양의 변화를 보겠습니다. 일단은 중환자실로 입원하셔야 합니다. 뇌니까요."

"언제 일반실로 올라가냐구요? 경과를 봐야죠. 뇌니까요."

"무사히 잘 낫는다 해도 마비가 언제 풀릴지는 아무도 모릅니다. 아니, 병원에 있는 동안에는 마비가 회복되지 않을 겁니다. 뇌출혈이 다 낫고 나서 열심히 재활해야만 돌아올 겁니다. 아시다시피, 뇌니까요."

뭘 그렇게 까칠하게 설명했을까. 보호자의 당황하는 모습마저 당연한 듯 바라봤던 나는, 반복되는 응급 상황의 매너리즘에 빠진 게 틀림없었다. 어지간한 응급 상황이 아니고서야 이제 긴장조차 하지 않는 1년차가 됐지만 감정까지 무뎌지는 것은 내가 원하던 바가 아니었다. 다행인지 불행인지, 보호자들은 이미 까칠한 응급실 의사는 많이 경험해봤다는 듯, 내 예의 없는 말투는 전혀 신경 쓰지 않고 오로지 환자만 바라봤다. 그제야 정신을 좀 차린 나는 최선을 다해서 빨리 입원하실 수 있도록 도와드리겠다는 말을 내뱉고는 후다닥 응급실을 도망쳐 나왔다. 잰걸음으로 응급실 자동문이 열리기를 기다리는 찰나, 내 눈엔 응급실 달력이 들어왔다. 그 달력에도 빨간색 숫자 25 위에 누군가가 빨간 펜으로 동그라미를 쳐놓았다.

지금 책을 읽고 있는 이날과 같은 날짜의 5년 전, 당신은 무슨 일을 하고 있었는지 기억나는가? 혹은 두 번째로 최근 대학병원 응급실 문을 두드린 날의 정확한 날짜를 기억해낼 수 있는가? 쉽지 않을 것이다. 아픈 기억에는 때로 망각이 미덕일 수 있다. 그러나 하필 그 환자는 빨간 날에 마비가 발생했고 빨간 날에 뇌 안에 출혈이 생겼다. 만 명 중 한 명 걸린다는 그 불운이 12월 25일에 찾아올 확률은 얼마나 될까? 알 수 없다. 그렇지만 적어도 90퍼센트 이상의 확률로 확신할 수 있는 것은, 환자와 환자의 보호자들은 앞으로 평생 매년 12월 25일이 되면 그 악마 같은 기억을 떠올릴 수밖에 없다는 것이다. '또 뇌출혈이야' 같은 괘씸한 생각을 했던 나는 빨간 숫자를 보자마자 화들짝 정신이 들어 아직 입원도 채 하지 않은 환자의 완쾌를 빌고 또 빌었다. 혹여나 출혈이

늘어서 수술한다든가, 아니면 영구적인 장애가 남는다면, 환자와 가족들은 매년 빠지지 않고 새겨지는 달력의 그 빨간 표시가 더 시리게 느껴지리라. 바깥에는 종이 울리고 많은 사람이 기쁨에 들떠 파티를 열며 하느님의 사랑을 찬양하는 성스러운 날에 오로지 환자와 그 가족들만이 느끼는 아픈 기억은 비극으로 남을 것이다. 그런 끔찍한 일이 일어나지 않기를 그제야 바랐다.

응급실에서 환자를 보러 갈 때는 5분 거리였지만, 의국으로 돌아올 땐 이런저런 생각이 더해져 걸음이 느려졌다. 해는 어느덧 뉘엿뉘엿 떨어지고 있었다. 의국에 들어서니 2년차 선생님이 케이크를 사온 모양이다.

"오늘 같은 날은 환자들이 안 왔으면 좋겠다, 그죠?"

남자 넷이 케이크를 두고 앉아 맥주 한 병 없이 이야기판이 벌어진 가운데 나는 괜한 죄책감에 말을 꺼내보았다. 역시 다들 1년차를 경험한 사람들이라 그런지 대답 없이 내 말에 수긍하는 듯했다. 아마 머릿속으로는 각자의 1년차 시절 12월 25일을 떠올리고 있는지도 모르겠다. 그렇게 케이크 바닥에 깔린 심이 보이고 나서도 우리의 대화는 한참이나 이어졌고, 늦은 밤이 되어서야 의국의 불이 꺼졌다. 언제 응급 환자가 올지 모르니 잘 수 있을 때 자둬야 하는 신경외과치고는 특별한 날이었다.

모월 모일 사망하셨습니다

토요일 오전은 외래가 짧기에 입원 환자 또한 많지 않다. 매일 아침 해야 하는 환자 보고와 콘퍼런스도 없다. 그래서인지 이날 아침은 비교적 평화롭다. 새벽같이 일어나던 아래 연차도 아직 침대에서 자고 있다. 어디 갈 수도 없고 약속을 잡을 수도 없지만 그래도 주말은 주말 기분이 난다. 평소와 다름없는 평화로운 토요일 아침. 중환자실에서 콜이 왔다.

"선생님, 심박수가 느려지고 있어요. 혈압도 측정이 안 되구요. 이제 정말 얼마 남지 않으신 것 같아요."

위급한 전화치고 간호사 선생님의 목소리는 몹시 조용하고 차분했다. 차분하지만 공포스러운 이 전화에 나는 어떻게 답했을까? '뭐라구요? 당장 CPR 준비하고 인턴 대기시켜!' 아니면 '지금 가니까 일단 놀핀norephinephrine이랑 도파dopamine(둘 다 승압제 역할을 한다) 스타트해!'

안타깝게도 둘 다 아니다. 나 또한 차분히 답했을 뿐이다. "네, 알 겠습니다."

DNR. Do not resuscitation. 생명유지장치나 처치를 시행하지 않겠다는, 죽음 앞에 선 환자 자신이나 보호자의 엄중한 요청. 뇌출혈로 쓰러진 80세 노모가 의식 불명 상태로 중환자실에 누워 있는 상황에서 DNR을 요청한 자식들을 누가 비난할 수 있을까. 인공호흡기의 산소 공급 모드를 최대치로 해놓아도 물이 찬 폐는 산소를 빨아들일 힘조차 없으며, 감압적 두개골 제거 수술Decompressive craniectomy을 받은 부위에서는 부어버린 뇌가 기어나온다. 마지막으로 시행한 뇌CT에서는 뇌가 있어야 할 곳에 주름과 혈관 대신 검은 구름만이 가득했다. 뇌가 이미 다 죽어버린 것이다. 매일 면담 시간마다 만나는 주치의는 할 말이 더 이상 남아 있지 않다. 그저 환자를 같이 바라보다 서로 인사하고 헤어진다. 힘들게 환자를 보러 온 가족에게 반드시 뭔가 말해주어야 한다고 생각했던 중환자실 주치의 초반에는 그런 시간을 갖지 못했다. 어제와 달라진 것이라고는 죽음에 하루 더 가까이 갔다는 사실밖에 없는 환자 곁에서 어떤 긍정의 말을 꺼낼 수 있겠는가. 매일 다가와 경과를 말한답시고 '죽음'을 이야기하는 의사에게 보호자들도 지쳐갔다. 눈물을 흘릴 만큼 흘린 보호자가 어느 날 어제와 같은 설명을 하고 있는 나

에게 물었다.

"아니, 그래서 언제 죽습니까? 선생님."

"아, 지금 환자는 말씀드렸던 대로 뇌사가 추정됩니다. 뇌사 상태에 빠지면 대개는 2주를 넘지 못……"

"수술하고 3주가 다 되어가지 않습니까."

"일반적으로 그렇다는 것이지 모두 그런 건 아닙니다. 젊은 분은 한 달을 버티기도 합니다."

"팔순 노인이잖아요. 젊은 사람이 아니고. 아니, 뭐 그건 그렇다 칩시다. 맨날 죽는다 죽는다 해서 우리도 일가친척한테 다 그렇게 이야기하고 장례식장도 잡아놨어요. 이건 희망이 있는 것도 아니니…… 이렇게 보고 있는 우리도 너무 힘듭니다."

그때는 왜 아무 말도 못 했을까. 지금은 이렇게 이야기한다. 할머님이 아드님 하루 더 보고 싶어서 이렇게 버티시나봅니다. 의학적으로 듣지도 보지도 못하는 상태는 맞습니다만, 그래도 오셔서 안부를 전하고 다시 오겠다는 말씀도 해주세요. 분명히 듣고 계실 거라 생각합니다.

치료 과정에는 보호자에게 설명한 것 외에도 의사가 결정해야 할 수많은 선택지가 있다. 환자가 죽음으로 한발 더 다가갈 때마다 그 선택지들은 고통스런 기억이 되어 떠오른다. 심지어 환자에게 전혀 영향을 미칠 것 같지 않은 선택들도 말이다. 그렇지만 일하는 내내 그런 기분을 가지고 갈 수도 없다. 그만큼의 선택지를 앞두고 있는 또 다른 환자들이 있기 때문이다. 그렇게 시간은 흘러 '드디어' 위독하다는 전화가 중환자실에서 걸려온 것이다. 나는 차분히, 이제는 완연히 산 사람의 색을 잃은 환자 앞에 섰다. 아니, 이제는 망자라 불러야 맞는 걸까. 그렇다. 죽음으로 가는 길은 그렇게나 험난하고 긴데, 맞닥뜨린 죽음은 이렇게도 빨리 찾아온다. 잠시 후 연락을 받은 보호자들이 환자 곁으로 달려왔다. 마른 줄 알았던 그들의 눈에 다시 눈물이 찬다. 나는 잠시 숨을 고르고 그들에게 할 마지막 말을 전한다. "모년 모월, 모일. ○○○ 환자 사망하셨습니다."

의사에게 사망을 선언하는 일은 결코 쉽지 않다. 모두가 예상했던 바임에도, 어쩌면 그저 몇 마디 없는 것임에도 불구하고 사망 선언은 언제나 무겁다. 그것을 패배라고 받아들일 것까진 아니지만, 그래도 자신의 환자가 죽음을 맞는 장면을 목전에 두는 것, 그리고 그의 보호자에게 죽음을 알리는 것은 그 어떤 치료보다도 난해하다.

제2부

신경외과,
극한의 직업

신경외과 지원자, 단 한 명

병원의 인턴이 되면 가장 먼저 시술 전에 무균장갑 끼는 법부터 배운다. 다섯 개의 구멍에 손가락만 제대로 넣으면 되는 장갑 착용법을 새로 배우는 까닭은 환자에게 닿는 장갑의 바깥 면을 무균 상태로 유지하기 위해서, 그리고 내 손의 균이 환자의 몸에 닿지 않게 하기 위해서이다.

그림처럼 접혀 있는 부분을 잡은 뒤 한쪽 손으로 다른 손을 안으로 집어넣는데, 이때 어떤 경우에든 장갑 겉면에 손이 닿아서는 안 된다. 한 손을 삐질삐질 집어넣고 나면 그 손은 이제 무균 상태가 된다. 장갑을 낀 무균 상태의 손가락을 다른 장갑의 접힌 부분 사이로 밀어넣어 고정하고 다른 손을 집어넣는데, 이때에도 손이 서로 직접적으로 닿아서는 안 된다. 글로 적어서는 도저히 이해가 안 될 만큼 어려워서 인턴생활 초반에는 장갑 끼는 데에도 시간이 한참 걸렸다. 끼다가 장갑 바깥 부분이 손에 닿아 오염contamination

흔히 '컨타'라고 한다되기 일쑤거나, 실컷 꼈더니 찢어져서 다시 바꿔 낀 장갑만 해도 부지기수. 아마도 병원 경험이 많은 환자들은 눈앞에서 장갑 끼는 모습만 보고도 그 인턴의 레벨을 알 수 있을 것이다. 이제는 눈 감고도 낄 수 있는 장갑을 펼쳐놓고 물끄러미 바라보다가, 문득 신경외과 지원 면접 때가 떠올랐다.

"힘든 과를 지원했는데, 인턴 때 보던 것과는 많이 다를 겁니다. 끝까지 할 수 있겠습니까?"

"살면서 느낀 제 자신의 부족한 모습을 바꾸고 채우기 위해 지원했습니다. 끝까지 해보겠습니다."

지원자는 나 한 명. 어리바리한 인턴 한 명을 향해 병원의 거인들이 빙 둘러앉아 질문 공세를 펼쳤다. 무어라 말을 하긴 했는데 그 오그라드는 다짐들을 뇌에서 자체적으로 걸렀는지 지금 기억나는 것은 저 한마디뿐이다. 인턴 때 접했던 신경외과 의사들의 열정적이고 스마트한 모습을 동경하긴 했지만, 그것보다는 그냥 열심히 사는 모습 자체를 배우고 싶었다. 나는 원래가 앉으면 눕고 싶어하는 사람이라, 달리는 곳에 가야 그나마 걷기라도 할 듯싶었다. 20대 후반의 나는 그런 마음가짐으로 자신만만하게 신경외과에 지원했다. 그 모습을 몇 년 뒤에도 변함없이 가지고 있을까?

면접을 본 지 벌써 여러 해가 지났고, 신입사원이던 나는 신입을 뽑아야 하는 4년차 레지던트가 되었다. 그때 꼈던 무균장갑처럼 나는 깨끗함을 여전히 유지하고 있을까? 근무지구력 0점인 나는 언제나 고민이다.

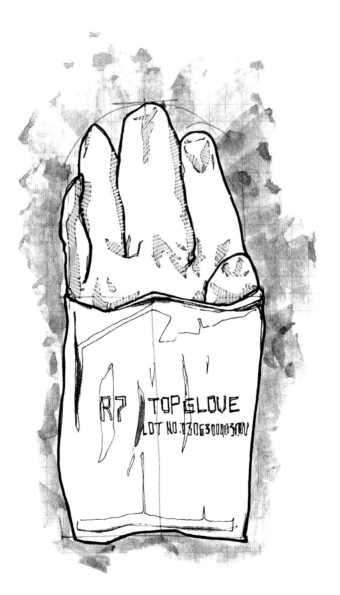

그들의 나이가 말하는 것

대학병원에서 수련을 받는 전공의들은 대개 20대 후반에서 30대 초반 사이에 포진해 있다. 친구들이 막 취업해서 월급을 받고 퇴근 후 술자리에서 상사 욕도 하고 야근으로 아이고아이고 하는 때에, 전공의들도 병원에서 24시간 일을 하며 산다. 회사원에 비해 뭔가 특별한 게 의사생활 같지만 사실 비슷한 부분이 더 많다. 그리고 역시나 '내가 힘든 게 제일 힘든 거다'를 만고불변의 진리로 느끼며 버텨나간다.

새파란 이십대 후반의 전공의였던 내가 어쭙잖은 지식으로 차근차근 설명해드리는 그 이야기를 공손한 자세로 듣고 있던 환자나 보호자들. 그들의 나이가 대부분 내 나이를 훌쩍 넘어서 있다는 걸 처음엔 잘 몰랐다. 마흔 살 아들이 뇌출혈로 누워 있을 때, '살려주이소' 하며 걱정 가득한 눈으로 부탁해오는 어머님은 예순을 넘겼고, 쉰 살 부인이 난간에서 떨어져 하반신 마비가 왔을 때 앞으로 어떻게 되느냐며 눈물을 뚝뚝 흘리던 남편의 나이 또한 내 나이의 두 배였다. 그 당연한 사실을 그땐 잘 몰랐다.

어느 날 중환자실 환자의 상태와 예후에 대해 설명하던 중 마주 잡은 보호자의 두 손이 내 눈에 보였다. 원래 두 손을 모으는 것은 연장자에 대한 예우다. 까마득히 어린 내가 저 모인 두 손을 앞에 두고도 황송해하지 않는 것은 내가 의사이기 때문이란 것을 깨달았다. 나는 이 어색한 역전을 결코 당연한 듯 받아들이지 말자고, 내가 할 수 있는 것을 공손히 다 해드리자고 다짐했다.

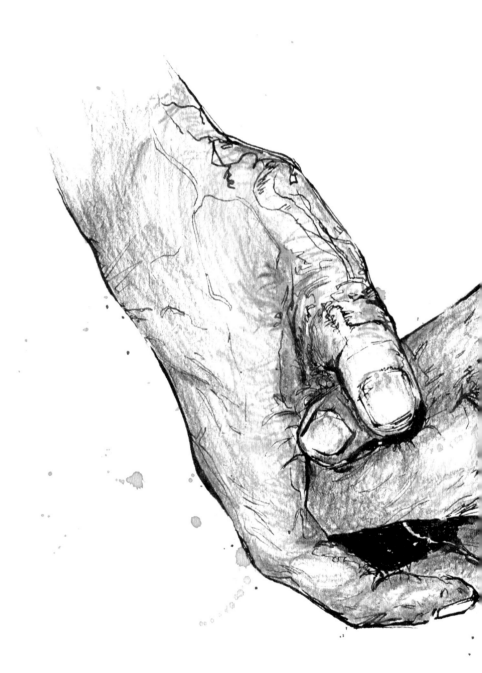

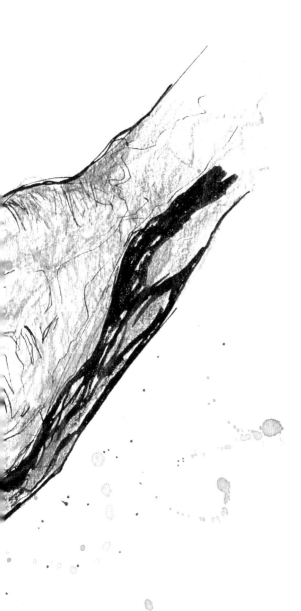

내가 크록스를 신다니……

대부분의 것에 우유부단한 나이지만 가장 좋아하는 색을 말하라면 두말없이 노란색을 꼽는다. 샛노랑보다 약간 주황에 가까운 노란색. 내가 처음 신은 크록스는 학생 시절 사귀던 여자친구가 사준 진노란 색이었다. 처음엔 몰랐는데 꽤나 특이한 색이었던 그 크록스를 학생 실습이 끝나고 나서도 인턴생활 내내 신고 다녔다. 슬리퍼인 듯 슬리퍼 같지 않은 이 신발은, 구두보다는 캐주얼했지만 슬리퍼보다는 예의 바른 희한한 포지션에 있었기에 인턴들의 필수품이었다.

 학생 시절 받은 크록스를, 나는 실습 때부터 인턴을 마치기까지 딱 3년만 신을 거라 생각했다. 인턴을 마치고 나면 다시는 수술방에 들어가지 않을 거니까. 그때 나에게 수술은 추억으로만 남기고 픈 일들이었다. 그런 나는 이제 벌써 7년째, 크록스를 종류별로 바꿔가며 신고 있다. 다시는 인연이 없을 것 같던 수술방 문을 여전

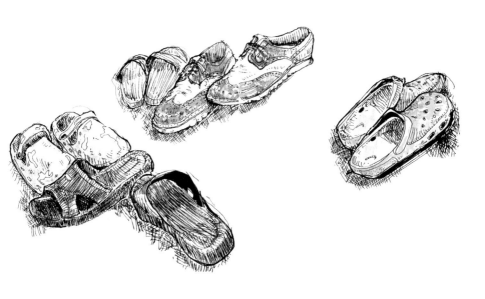

히 밤낮없이 들락거리면서 말이다. 참 알 수 없는 인생이다.

회진을 돌고 나면 정복 대신 근무복으로 갈아입는다. 끈으로 휘리릭 묶기만 하면 되는 근무복은, 응급수술이 생기면 재빨리 수술복으로 갈아입기에도 그만이다. 당연하다는 듯이 크록스에 발을 넣고 수술방에 들어가 수술복을 걸치며 끈을 묶는 나를 스스로 어색해할 때도 있지만 어느새 신경외과 4년차가 됐다. 구질구질하고 냄새 나는 의사 가운과, 끊임없이 쏟아지는 일 속에서 머리카락 헤집듯 신경을 만지는, 스물여섯 개 과 중에서 내 마음속에서 가장 작은 자리를 차지했던 그 과가 지금은 내 인생의 일부가 되었다.

나무는 큰 둥치에서 갈라져 나가는 수많은 가지를 뻗어내지만 어느 잔가지 하나도 땅으로 돌아가는 일 없이 모두 하늘을 바라보며 태양을 향해 자란다. 수많은 선택의 갈림길이 반복되는 인생에서 나는 나무처럼 살아가고 있다고 확신할 수 있을까. 알 수 없는 것이 인생이라지만 이때는 나무의 지혜를 좀 빌리고 싶다. 뻗어나가는 잔가지들은 잎을 틔우고 꽃을 피워 받은 영양분을 둥치로 보

한때 의료인의 필수품이었던 크록스는 연구 결과 오염의 원인이 될 가능성이 높다는 보고가 나와 지금은 철저히 수술방 내에서만 신는 것으로 정해졌습니다. 좀더 정확히 말하면 수술방 안에서만 신는 크록스를 따로 둡니다.

낸다. 나도 언젠가 내 삶에서 만들어낸 잎과 꽃으로 과거에게 말하
려 한다. 그것은 옳은 선택이었다고. 너는 적어도 한 명 분 이상의
그늘을 만들어냈다고.

이 길이 맞는 걸까?

길었던 2년간의 고3 생활이 끝나고 의대에 입학할 때만 해도 이제 많은 것이 끝났다고 생각했다. 그러나 몇 가지를 빼면 세상은 그대로였다. 엄마가 만들어준 아침을 입속에 욱여넣고 화장실에서 머리를 감는 대신 기숙사 지하 식당에서 그럴듯해 보이지도 않는 아침을 먹으며 학과 건물로 등교해야 했고, 영어단어집을 보는 대신 족보집을 들고 다녀야 했으며 OMR카드에 색칠하는 대신 컴퓨터 화면의 사지선다 칸에 클릭을 했다. 중간고사와 기말고사는 대학시절 내내 나를 따라다녔으며 심지어 중간 중간에 크고 작은 시험이 끼어들어가 있었다. 단 하나 유별나게 다른 점이 있다면, 이질감을 느끼고 있는 나 자신뿐이었다.

활발하기로 전교에 소문났던 나는 대학에 들어오면서 학교생활에 뭔가 알 수 없는 이질감을 느끼기 시작했고, 그러면서 점점 혼자가 되어갔다. 그런 고립감 속에서 앞길에 대한 고민이 찾아왔다.

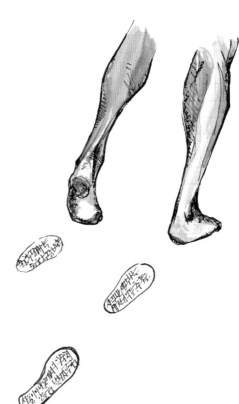

내가 진짜 하고 싶은 것은 무엇일까. 아무리 발버둥쳐도 알 수 없었다. 끈기 있게 버티지 못하는 내 망할 지구력 탓일까. 굽이굽이 걸어서 졸업하고 난 지금도 질문은 그대로 남아 있다. 내가 지금 걷고 있는 이 길이 맞는 걸까.

발자국이 두 개가 되면 선이 그어져서 앞길이 보인다는데, 나는 아무리 밟아도 앞이 보이지 않는다. 고민은 점점 더 안으로 안으로 파고들고 답마저 그 속으로 빨려들어가 미궁 속으로 빠지는 것 같다.

참 신기하지. 신나게 달릴 때는 옆이 보이지 않다가, 어물쩍대며 길을 잃어버리고서야 주위를 둘러보게 된다. 그러면 신나게 앞으로 나아가고 있는 사람들이 눈에 들어온다. 왜 나는 저렇지 못할까 하는 마음만 커지게 말이다.

불어지지 않는 꿈

이 그림을 그릴 당시 단 한 글자도 적지 않은 것으로 보아 어지간
히도 우울했구나 싶다.

바라는 건 많은데 가진 것은 적고, 할 일은 많지만 앞은 흐릿하
게만 보였다. 에너지는 넘치는 것 같으면서 항상 피곤하고, 선택하
기보다는 결정된 틀 안에서 살아온 삶을 어쩌지 못하는 때였다.

당직 때면 언제라도 가장 빨리 튀어나가려고 의사복을 입고 잠
들던 열정도 사라지고, 퇴근 없는 삶에 지치며 과도한 업무를 잘
쫓지 못하는 나 자신으로 인해 속상해하던 시기.

대단한 꿈을 꾸는 것도 아니고 그저 원하는 걸 하면서 행복하게
살고 싶은 마음뿐인데 그게 왜 이리도 힘든 건지. 늘 두 번씩 도전
하고 또 넘어져왔다. 수능을 두 번 친 건 아무것도 아니다. 남들은
진작에 가고 싶은 과를 다 정해놓았을 때 나는 과연 의사를 해야
할지 말지 고민했고, 힘든 의대 공부에도 지지 않고 열심히 공부하

는 친구들 사이에서 나만 방황하며 이곳저곳을 돌아다녔다. 교과서 대신 인문학 책들을 읽었고 그렇게 산 삶이 고스란히 성적표에 반영되자 자식을 바라보는 엄마의 시선엔 근심이 어렸다. 인턴을 돌면서 받았던 응원과 기운도 고된 신경외과 업무 앞에서는 소용 없었다. 일을 누락하기 일쑤였고 자신 있던 체력마저 바닥을 쳤다. 어느새 환자를 대할 때 나만의 자랑거리이던 미소도 사라진 지 오래였다. 모든 일에 짜증을 내고 있음을 알아챘을 때 나는 스스로를 또 한 번 의심했다. 이 일은 나에게 맞지 않는 일이 아닐까 하고.

다행히도 통과의례처럼 지나가는 '시기'일 뿐이었다. 모두가 꼭 거쳐가는 것은 아니지만 그렇다고 특수한 사람만이 겪는 것도 아닌 그런 어려운 시기. 지나고 나면 그 시간들을 아름답게 바라볼 수 있는 힘이 선물처럼 주어지는 시기. 나는 지금 이 그림을 보면서 아픔보다는 행복을 느낀다. 저 때 내 볼을 아프게 했던 공기는 이제 입과 앞니를 지나 풍선으로 들어가고 있다. 그리고 풍선은 점점 커지고 있다.

극한의 직업과 혼술

객기로 술을 마셨던 대학 신입생 시절, 깨끗한 이불 위에 누워 친구와 통화하고 있는데 갑자기 방문이 양옆으로 열리더니 사람들이 우르르 내리는 것이 아닌가. 알고 봤더니 내가 누운 곳은 안락한 침대가 아닌 엘리베이터 앞 복도 융단이었고 그 뒤부터 술엔 진절머리를 쳤다.

술이 잘 안 받는 체질이기도 하거니와 술자리보다는 차 모임을 좋아하는 터라, 한창 일하는 친구들이 '일 끝나고 마시는 맥주 한잔!' 하며 환호를 지를 때도 크게 공감하지 못했다. 그래, 내 입이 고급이라 그럴 거야 하며 마트에서 와인을 몇 번 사 마셔봤지만 역시 술은 술. 머리만 지끈지끈하고 뭔가 역한 것이 영 맞지 않았다.

BBC 선정 세계 10대 극한 직업에 당당히 이름을 올린 '신경외과 전공의' 1년차의 어느 날, 고된 일과를 끝내고 의국에 앉아 밖을 바라보는데 나도 모르게 "아, 맥주 한 캔 하고 싶다"란 말이 입에서 나

왔다. 그냥 그 치익 — 칵 한 뒤 카아 — 하는 소리를 내고 싶었다. 아무도 내가 고생한다는 걸 몰라준다고 느낄 때 자위自慰라도 하고 싶은 그런 마음으로 병원 바깥의 편의점에 가서 생전 처음 주류 코너 앞에 섰다. 기린, 아사히, 하이네켄, 기네스, 오비, 하이트…… 종류는 또 왜 그렇게 많은지. 그중 제일 예뻐 보이는 걸로 골랐다. 다시 숙소로 돌아와 치익 — 칵. 거품이 줄줄 흘렀다. 그러곤 한 모금을 입안에 머금어 목으로 꿀꺽 넘기는데…… 오, 이건 내가 즐기던 콜라 속 탄산과는 다른 거품이었다. 짜릿한 시원함이 팔꿈치를 지나 손가락 가닥 가닥으로 뻗쳐나갔다.

카아—

이 소리가 왜 나는지 이제야 알았다. 꿀깍꿀깍. 그날 나는 한 캔을 다 마시지는 못했지만 충분히 나른해졌고 충분히 미소를 지었다.

이따금 힘든 하루가 지나면 혼술을 한다. 아직도 기다란 맥주 캔 하나를 다 먹지는 못하지만 그래도 이게 있어줘서 고마운 느낌. 맥주님, 오늘 하루를 마감해주셔서 감사합니다.

이불 좀 갈자

일어나면 출근이고 누우면 퇴근인 일상. 의국이라 부르고 사무실이자, 집이자, 독서실이자, 식당이자, 헬스장이라고 보면 되는 이 작은 공간에는 이층침대가 있다. 삐걱대긴 하지만 그래도 지난 10년간 신경외과 의사들의 몸뚱어리를 받아준 든든한 녀석이다. 신경외과 레지던트 1년차가 되면 의국으로 모든 짐을 옮긴 뒤 이층침대 위 칸을 쓰고, 2년차로 올라가면 아래 칸을 쓸 수 있게 된다. 의국에 입성한 순간부터 나는 애벌레 같은 본능으로 잠자리를 꾸미게 되었다.

시작은 청소부터. 털고 쓸고 닦고 빤다. 침대 밑에서는 너무 오래돼 이제는 풍화가 되어가는 듯한 슬리퍼 한 짝이 발견되고 옆 벽면에는 치킨 양념이 쥐라기 공원의 호박보석처럼 묻어 있다. 그 모든 것을 치우고 나면, 베개 커버 대신 수건을 씌우고 매주 한 번씩 갈아준다. 그리고 병실용 이불을 두 개 가져와서 하나는 매트리스 위

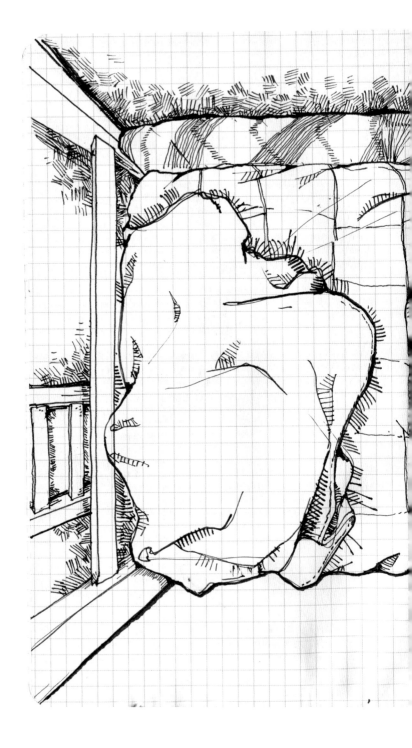

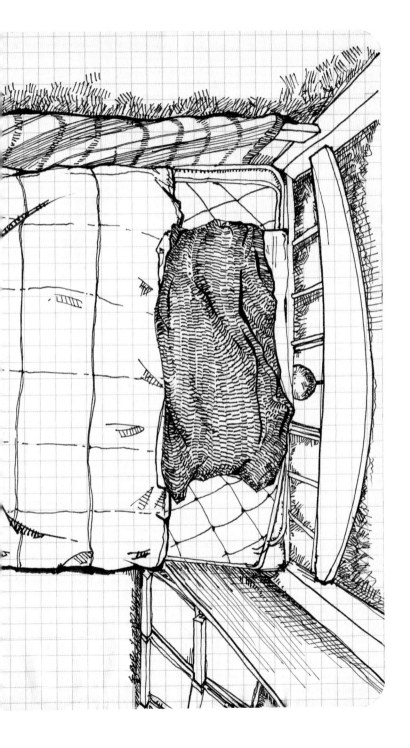

에 깔고 다른 하나는 잘 때 덮는다. 의국이 병원에 붙은 간이 공간이기에 침대 바로 옆 벽은 웃풍이 심하다. 그래서 침대 난간과 벽 사이 공간에는 이불을 겹겹이 채워넣었다. 보일러 하나 없는 공간이라 절대 화재가 날 리 없다며 담요와 매트리스 사이에 전기장판을 깐다. 새파란 1년차가 부산스레 보금자리 만드는 것을 선배들은 어리둥절해하며 쳐다본다. 그러나 새벽녘이 되어서야 겨우 일을 마친 뒤 잘 개킨 이불에 들어가는 것은 햇볕에 잘 말린 옷을 입는 것만큼이나 느낌이 좋다.

한 공간에서 자면 퇴근이고 일어나면 출근인 이 생활을 4년간 하루도 거르지 않고 반복해나간다. 세상의 많은 전공의들이 당연하다는 듯 이런 생활을 한다 '나중에 좋으니까. 월급도 많이 받고 정년도 기니까'라는 말로 스스로 위안 삼아보지만 손발이 쉬는 시간이 올 때면 어김없이 '내가 진짜로 원하는 건 뭘까?' 하는 생각이 찾아오게 마련이다.

다행히 생각할 시간은 많지 않다. 응급콜은 자꾸 울리고 몸은 자꾸 피곤해진다. 생각할 시간이 있으면 차라리 자둬야 한다. 불면증은 자연스레 치유된다. 그나마 이렇게 그림이라도 그리니까 내가 뭘 하는지, 무슨 생각을 하며 사는지 정리가 된다.

달리면서 일하는 삶

일곱 시에 환자 보고를 시작하려면 적어도 다섯 시 반에는 일어나야 한다. 지긋지긋한 알람 소리지만 일부러 벨소리와 같은 음으로 해놓았다. 내가 좋아하는 곡으로 알람을 바꿨더니 기분 좋게 일어나는 게 아니라 오히려 그 좋던 노래가 싫어져서 그냥 그렇게 했다. 더러운 외과의사의 모습을 보여줄 게 아니라면 5분간 머리라도 감아야 한다. 그런 뒤 곧 아침에 보고할 환자들의 상태를 체크하러 의국 문을 나선다. 머리만 감았지 얼굴은 퀭하기 그지없고 다크서클은 온 얼굴을 덮고 있다. 어제 허리디스크 수술을 한 환자의 상태를 보러 갔더니 환자가 오히려 내 걱정을 해준다.

"선생님 괜찮습니꺼? 얼굴이 영 안 좋은데예."

농담 같은 상황이지만 아침에 봐야 하는 환자들만 체크하는 데도 시간이 빠듯하기에 그저 쓴웃음만 짓는다.

"환자분만 하겠습니까. 어제 수술 받으신 데는 좀 어때요?"

어제 수술한 환자, CT나 MRI 등 영상촬영을 한 환자, 상태가 좋지 않은 환자들을 보고 기억한 뒤 다시 의국으로 조르르 달려가 치프인 4년차 레지던트 선생님께 보고하면 어느새 교수님들이 들어오신다. 환자 보고 시간이다.

100여 명의 환자를 두 명의 주치의(1, 2년차)가 나눠서 보려면 그냥 일해서는 안 된다. 달리면서 일을 해야 한다. 마치 최고 속도로 달리면서 칼 같은 패스를 하는 메시처럼 말이다. 더군다나 가끔 끼어드는 응급실 콜은 어떻게 하나. 병원 안을 오갈 뿐인데 땀이 나고 다리에 힘이 빠진다. '선생님 바쁘실 텐데 죄송하지만……'으로 시작되는 친절한 간호사의 콜도 괜스레 짜증 난다. 밥 먹다가 콜을 받고 일어나는 일이야 부지기수. 외과의사들이 살찌는 이유는 제때 챙겨먹지 못하는 밥을 야식으로 대체하기 때문이다. 남 건강 살피자고 하는 일인데 정작 본인은 건강을 밥 먹듯이 해친다. 아니, 표현이 적절치 못하다. 밤에 치킨 먹듯이 해친다.

외래가 끝나는 저녁 다섯 시쯤이 되면 조금 조용해지지만 여전히 할 일은 잔뜩 남아 있다. 컴퓨터 앞에 앉아 내일 수십 명의 환자가 맞을 주사와 먹을 약을 처방 낸다. 그 뒤에도 오늘 입원한 환자

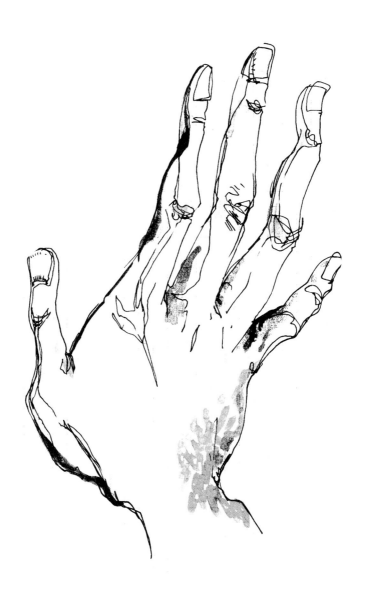

들의 기록을 적어야 하고 내일 환자 보고 시간에 발표할 환자들의 엑스레이 사진을 검토한다. 그사이 응급실에 환자라도 오면 잠은 글렀기에, 무슨 일이 일어날지 모를 밤을 대비해 필사적으로 일을 마치고 침대에 누워본다. 언제 울릴지 모를 전화기를 베개 옆에 두고서.

최전선이란 말은 무엇의 가장 가장자리이면서 치열하고 뜨거운 일이 벌어지는 곳을 가리킨다. 문득 의국 침대 옆 차가운 벽에 손을 대보다가 여기가 나의 최전선이구나 하는 생각이 들었다. 비록 최첨단 의학으로 무장을 했다거나, 최신 지견이 포함된 연구를 하지는 않지만 말이다. 내가 하는 일이 인류의 의학에 아무런 영향을 미치지는 못해도 누군가의 건강에는 영향을 미칠 수도 있다는 걸 생각하면, 24시간 내내 뜨겁게 움직이고 치열하게 보내는 걸 생각하면, 이곳이 나의 최전선이라 말해도 부끄럽지는 않은 것 같다.

그들만의 세상

고된 한 주가 마무리되는 금요일 저녁이다. 시간은 다행히 공평해서 수술이 많고 힘들었든, 비교적 한가로웠든 간에 주말은 칼같이 찾아온다. 물론 24시간 당직인 신경외과 의사에게 퇴근은 없다. 그냥 금요일의 기분만 내보는 셈이다. 그러고 보니 신기하게도 바빴던 주의 금요일 저녁은 유독 조용하다. 신환도 적고 응급실 콜도 평소에 비해 많지 않으며 급한 일도 잘 생기지 않는다. 신이 있다면 금요일에 있지 않을까 싶을 정도로 일주일의 힘든 시간을 풀어주는 금요일을 의국 컴퓨터 앞에 앉아 즐긴다. 우리에게 불금은 대개 이런 모습이다.

마지막 환자의 내일 자 처방 정리를 끝내고 나니 자기 전까지 두 시간 정도의 짬이 주어졌다. 그래서 지금 신고 있는 크록스에 철도 맞지 않는 반바지 트레이닝복 차림으로 의국 사람들과 함께 병원 근처 번화가로 나섰다. 그렇게 밖으로 나간 우리의 모양새는 흡사

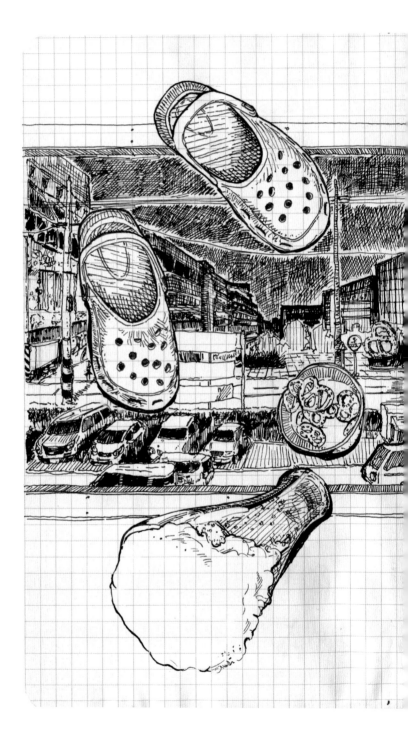

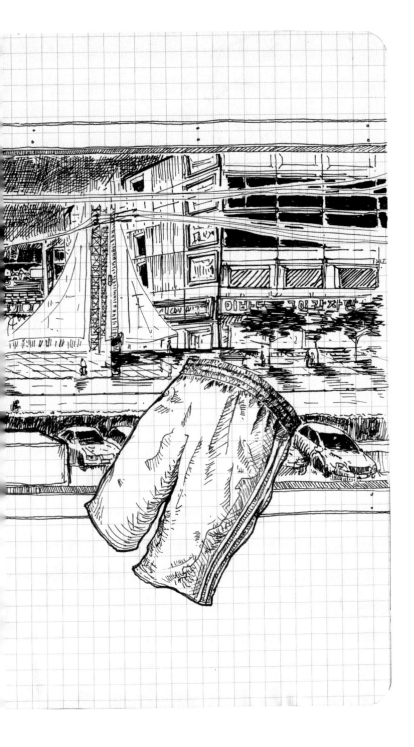

스머프 같았다. 철에 맞지 않는 반바지, 불금에는 어울리지 않는 남루한 티셔츠에 우스꽝스러운 신발(크록스)을 신은 셋은 원치 않게도 번화가를 지나는 사람들의 이목을 끌었다. "어디 들어갈 만한 데 없어?" 괜스레 부끄러워진 마음에 선배가 다그쳤지만 퇴근조차 거의 못 하는 내가 어디에 어떤 술집이 있는지 알 턱이 없었다. 병원 밖 친구에게 전화해 적당한 곳을 알아봐달라고 부탁했다. 친구의 연락을 기다리는 그 길지 않은 시간 동안 우리는 그새 바뀐 번화가를 두리번거리며 거리를 걸었다. 곧 연락이 왔다.

친구가 잘 아는 곳으로 예약해놓았다는 조용하고 그럴싸한 술집도 금요일이라 그런지 말끔하게 차려입은 멋쟁이들로 가득하다. 입구에서부터 반바지에 후줄근한 티셔츠를 입고 스머프 신발 같은 걸 신고 등장한 우리를 바라보는 시선은 곱지 않다. '쟤네들 뭐야?' 그러나 우리에겐 그 싸늘한 눈길을 받아낼 자신도, 기력도 없다. 그러기엔 한 주가 너무 피곤했다.

발길을 돌려 시내 구석에 자리잡은 작은 호프집으로 들어선다. 세 명이서 생맥주를 한 잔씩 시켜놓고 홀짝거리며 이번 주에 있었던 일들을 이야깃거리로 내놓는다. 맥주 한 모금에 1년차는 벌써 졸고 있다.

가게 안은 허름하지만 커다란 창문은 우리와 극명히 대조되는 창밖 세상을 그대로 비춰낸다. 아직 그리 춥지 않은 날씨라 불금을 즐기러 나온 청춘들, 호객 행위에 바쁜 아저씨들과 벌써 3차는 끝냈을 만큼 불콰해진 얼굴의 회사원들, 그리고 팔짱을 낀 연인들의 모습이 보인다. 그건 크록스를 신은 우리에게 그저 어색하고 멀게만 느껴지는 광경들이다.

'나도 좋은 옷 입을 줄 아는데…… 나도 면도할 줄 알고 향수도 뿌릴 줄 아는데…….' 혼잣말인지 한숨 소리인지 입에서 몇 마디가 기어나오는 와중에 잘 마시지도 못하는 맥주는 벌써 바닥을 보이고 있다.

초가을의 불금, 저녁은 그렇게 저물어간다.

마음을 만지는 일 vs 뇌를 만지는 일

중2병이 걸린 것도 아닌데 새삼스레 나 자신의 눈을 그린 까닭은 며칠째 계속 당직을 서게 하는 세상을 향한 분노 때문이 아니다. 응급 수술을 끝내고 나와 거울을 보니 얼굴에 툭툭 튄 피가 눈에 들어왔는데, 그 인공적인 붉은 점이 생긴 내 얼굴이 몹시도 낯설게 여겨졌기 때문이다.

나는 의과대학 6년 내내 단 한 번도 수술을 하겠다거나 혹은 수술하는 일이 멋지다고 생각해본 적이 없다. 아니, 애초에 관심이 있었던 건 정신과였고, 내 길은 오로지 거기에만 있다고 생각했다. 복잡하고 힘든 대학생활을 하면서 내가 대체 왜 이 공부를 하고 있을까, 나는 나중에 '의사질'을 잘할 수 있을까라는 생각이 들 때마다 '멋진 정신과 의사가 되어 사람들의 마음을 어루만지자'며 그 시간을 버텨냈다. 내과 점수가 잘 안 나와도 '그래, 나는 정신과야'라고 자위했고, 수술 과정을 잘 이해하지 못해도 '그래, 나는 정신과 갈 거니까' 하면서 어리석게 살아왔다.

본과 3학년, 실습이 시작되면서 이런 생각은 확신으로 굳어졌다. 갑갑한 수술용 마스크, 6시간이고 10시간이고 서 있어야 하는 피곤함, 혈액순환을 느리게 하기 위해 온도를 한껏 낮춘 추운 수술방은 나에게 '어떻게 버텨내지?' 하는 의문만을 남겨줬고, 졸린 눈을 비비며 새벽 5시에 회진 준비를 하고(오전 첫 수술 때문에 외과들은 대개 회진을 새벽에 돈다), 긴 수술 끝에 회식 자리로 달려가 술로 피로를 달래는 외과 의사들의 삶도 전혀 매력적으로 다가오지 않았다. 샤프한 넥타이와 차갑고 하얀 가운. 그러나 나에겐 따뜻한 정신과 의사 선생님들만이 멋있어 보였다.

사람 일은 모르는 법. 지금 나는 수술과 중에서도 '상上수술과에서 수련을 받고 있다. 어쩌다 이렇게 됐을까? 돌이켜보면 어떤 특정한 계기가 있었다기보다, 15도씩 열두 번 움직여 180도 반대편에 와 있는 것 같다. 지금 나는 마음을 읽는 '머리' 대신 인간을 인간이게 하는 '뇌'를 만지고 있다.

15도씩 바뀌다보니 힘들어도 원망할 곳은 없다. 오히려 그것보다 열두 번 움직일 때마다 버텨온 내 자신이 조금은 대견하다. 또 큰 둔각의 변화 없이 연착할 수 있게 해준 많은 것에 감사하다.

얼굴에 묻은 피를 싹싹 닦아내면서 옆을 보았다. 수술을 마친

환자가 이동침대에 누운 채로 수술방을 빠져나가고 있었다. 수술 부위를 드레싱용 모자로 가리고는 본인의 의지와는 관계없이 기도에 관을 꽂은 채로 나가는 환자 옆에는 걱정과 피로가 담긴 눈으로 인턴이 앰부백ambu bag 인공호흡기 대신 손으로 공기를 불어넣어주는 주머니을 짜고 있었다. 그 모습은 나의 과거였다. 그리고 지금 거울에 비친, 다른 이의 피를 얼굴에 맞은 사람은 나의 현재. 10년 뒤에 내가 바라볼 나는 어떤 모습일까. 단언컨대 나는 지난 4년 동안 농도가 짙은 삶을 살아왔다. 앞으로의 10년도 그만큼 짙은 삶일까. 그 농도를 나는 버텨낼 수 있을까. 얼마나 많은 뇌를 만지고 얼마나 많은 혈관을 건드리며 얼마만큼의 종양과 만나게 될까. 그리고 살아 있는 동안 얼마나 더 많은 죽음과 마주해야 할까. 내 인생은 앞으로 몇 도씩 회전하게 될까. 거울 속에 있는 현재의 나를 보면서 드는 가장 큰 걱정은 삶의 짙은 농도보다, 그 농도에 힘들어하지 않고 지금처럼 뇌를 만지는 것과 함께 마음을 만지려 노력하는 모습을 잃지 않는 것이다.

피곤하다는 말만 적을 순 없지

때로 땀도 나지 않는데 숨이 턱까지 차오르는 날들이 있다. 10분이 멀다 하고 걸려오는 전화와 쏟아지는 입원 환자들. 통증으로 찡그리는 환자 앞에서 피곤함을 꾹 참고 넉살 좋게 어디가 어떻게 언제부터 아팠냐고 문진하는 참에 걸려오는 응급실 콜은 김이 빠지게 한다.

"왜요?"

"아…안녕하십니까, 선생님. 저는 뇌출혈 환자입니다……."

응급실 당직 인턴도 퉁명스레 전화를 받는 내 목소리에 긴장한 모양인지 자기를 뇌출혈 환자라고 당당히 소개한다. 평소 같으면 응급실로 내려가 "여기 뇌출혈 생긴 인턴 어디 있어?" 하고 웃을 일인데 영 웃음이 나질 않는다. 응급실로 가는 동안 병동 환자의 상태가 악화됐기 때문이다. 발은 부지런히 움직이면서 상체는 지금 내가 해야 할 일들의 순서를 떠올리느라 고정되어 있다. '산소포화도가 약간 떨어지긴 했지만 당장 급한 상황은 아닌 것 같으니 일단 랩lab 혈액검사을 나간 다음 O₂를 nasal코튜브로 3리터 정도 보충해주고…… 아 그 환자 underlying asthma기저 천식가 있으니까 만약에 대비해 중환자실에 연락해서 자리 하나는 확보해놓으라고 하자……' 이런 생각들을 하면서 응급실에 전화를 걸어 환자가 수술받을 가능성이 높으니 C−line중심정맥관, A−line동맥관을 확보할 채비를 갖추고 보호자들을 환자 옆에 두도록 지시한다. 그야말로 몸이 두 개 세 개라면 좋을 것 같지만 어쩔 수 없는 상황이다.

대개 바쁜 일이 휩쓸고 지나가면 한두 시간쯤은 조용한 때가 찾아오게 마련인데 오늘은 그렇지도 않다.

"신경외과는 단거리 달리기 속도로 마라톤을 하는 과야."

인턴 시절 신경외과를 지원할 때 선배가 들려줬던 말이 머릿속을 맴돈다. '좀 자세히 말해줄 것이지, 말만 그럴듯하게 해놓고선……' 이런 생각을 하는 것도 잠시, 어느새 울고 있는 보호자들에게 수술 동의서를 받은 뒤 '어렵지만 최선을 다해봅시다'라는 위로 아닌 위로를 하고 있는 나 자신을 발견한다.

저녁 먹을 시간이 훨씬 지나서야 '서서 하는' 일들이 끝났다. 이제부턴 앉아서 하는 일이다. 80명이 넘는 환자들의 오더 내기, 오늘 찍은 환자들의 사진 확인하기, 입퇴원 환자 명단 작성하기 등등.

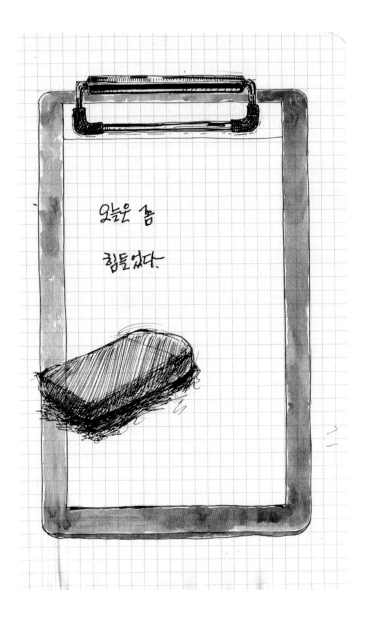

잠깐이라도 눕고 싶다는 생각이 들지만, 지금 누워버리면 일은 영영 끝나지 않을지도 모른다. 느지막이 오더를 내고 있는데 갑자기 응급실 환자라도 들이닥치면 그날 밤은 통째로 날아가버리니까. 아직 기력이 남아 있을 때 일과를 마무리 지어야 한다. 마지막 환자의 오더를 내는 순간, 욕설보다 더 거친 한숨이 목구멍으로 새어 나온다.

너무 힘든 날이었다. 필사적으로 기록하려고 애쓰는 일기장에도 오늘은 '피곤하다'라고밖에 적을 수 없었다. 그러나 한참을 들여다보다가 쓱쓱 지우고 글을 더붙였다. '피곤하다는 말만 적고 싶지는 않아.' 뭐든 생각하기 나름이니, 나는 오늘 레벨업을 했다고 생각하기로 했다. 피로에 대한 역치가 1점 오르고, 응급실 환자를 보는 스킬이 1점 오르고, 복도를 빨리 걷는 기술도 1점 오르지 않았을까?

우린 얼마만큼의 건강을 내놓고 있는 걸까

신경외과가 도대체 무슨 일을 하는 곳인지 제대로 아는 사람이 많지 않다는 걸 신경외과 의사가 되고서야 알았다. 심지어 의대생 시절에는 스스로 신경외과가 하는 일을 잘 모른다는 사실조차 인지하지 못했다.

응급실에서 나는 보호자를 만나면 자기소개를 할 때 '신경'이라고 말한 뒤 한 템포 쉬고 '외과입니다'라고 한다. 사람의 신경과 관련된 일 중 '외과적인', 그러니까 주로 칼을 대는 일을 하는 과임을 각인시키기 위해서다. 신경외과가 뇌를 다룬다는 사실을 응급실에 와서야 알게 되는 사람들도 있는데, 어쩌면 차라리 신경외과가 무슨 일을 하는 곳인지 영원히 모르고 사는 게 행복한 일인지도 모른다.

요즘에는 척추전문 병원들의 노력으로 디스크탈출증이나 협착증을 해결해주는 과로 알려져 있기도 하지만, 혈관처럼 온몸을 감싸고 있는 신경이 가는 곳이라면 어디든 신경외과 영역이다. 머리와 척추를 포함한 중추신경과 그 외의 말초신경들에 문제가 생기면 신경과와 신경외과가 앞장서고, 그중에서도 수술이 필요한 일은 오로지 신경외과 의사만이 할 수 있다.

그렇다고 해서 신경외과의가 항상 메스만 잡는 것은 아니다. 머리나 척추 혈관의 문제도 신경외과 영역에 속하는데, 예전에는 두개골을 열고 수술로 치료하던 뇌동맥류를 요즘은 간단한 혈관 내 시술로 해결하곤 한다. 또한 뇌 중심부에 있을 뿐 아니라 생명과 직결되는 중요한 신경들이 뭉쳐 있기에 감히 인간이 메스를 댈 수 없어 No men's land라 불리던 뇌의 깊은 부분들을 지금은 방사선 치료나 내시경 시술로 쉽게 접근하고 있다.

혈관 조영술과 시술은 위험도가 덜하고 환자 부담도 상대적으로 적은 접근이지만, 혈관의 자세한 모양을 알고 조심스럽게 접근하기 위해 의사는 꽤 많은 양의 방사선을 쪼이게 된다(수술하는 피로감을 방사선과 맞바꾸는 셈이다). 하루에도 시술을 몇 차례씩 하는 신경외과 의사들은 CT를 한 번 촬영할 때 나오는 것의 몇 배나 되는 양의 방사선을 조사당하기도 한다. 납복_{납이 들어간 앞치마로, 방사선을 차단하는 효과가 있다}과 보안경으로 중요한 부위를 가리지만 노출되는 부분은 여전히 있게 마련이다. 심지어 밀리미터 단위로 이루어지는 정밀한 혈관 시술에 두꺼운 납장갑은 언감생심. 그래서인지 다들 긴 수술보다 혈관 조영술 이후에 더 많은 피로감을 호소한다. 세상 모든 일은 건강과 돈을 맞바꾸는 것이라던데, 그러면 우리는 얼마만큼의 건강을 내놓고 있는 걸까? 혈관조영실에 들어갈 때면 어떤 날엔 우주복이라도 입고 싶은 마음이지만 어쩔 수 없이 납복의 허리띠를 조이고 갑상선보호대를 단단히 한 채로만 시술장으로 들어간다. '나는 신경외과 의사야. 수술만 하는 의사가 아니라 의학이 제공할 수 있는 건 뭐든 해야지'라고 생각하면서.

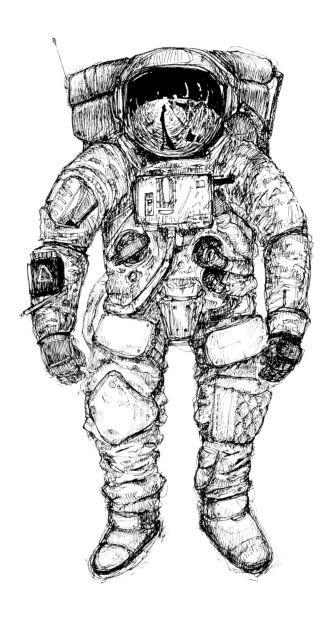

비닐봉다리만도 못한 의사

병원에서 공부하기 시작한 본과 1학년 시절은 내 방황이 본격화된 때이기도 했다. 왜 내가 의사가 되어야 하는지, 진짜 하고 싶은 것은 무엇인지, 이런 마음을 품고도 좋은 의사가 될 수나 있을지……. 혼자 질문하고 고민하며 끌어낸 답들이 한동안은 버틸 힘이 돼줄 거라 기대했지만, 이런 답들은 휘발성이 강한지 곧 날아가버리고 말았다. 뇌의 어느 구석에 적어놓기라도 한 건지 의심스러운, 기억도 나지 않는 시간을 꾸역꾸역 흘려보내니 어느덧 의사가돼 있었다. 그런데 의사로서 첫걸음을 내딛자마자 물이 새던 작은구멍은 점점 더 커지기 시작했다. 나는 이 일을 계속할 수 있을까? 그러려면 어떤 의사가 되어야 할까? 그런 의사가 되려면 먼저 나는 어떤 인간이 되어야 하는 걸까? 자문은 답으로 이어지지 못했고, 오히려 다른 의문들을 물고 나왔다.

한때 인터넷에서 유행한 놀이 중 비교 놀이가 있었다. 이 놀이는

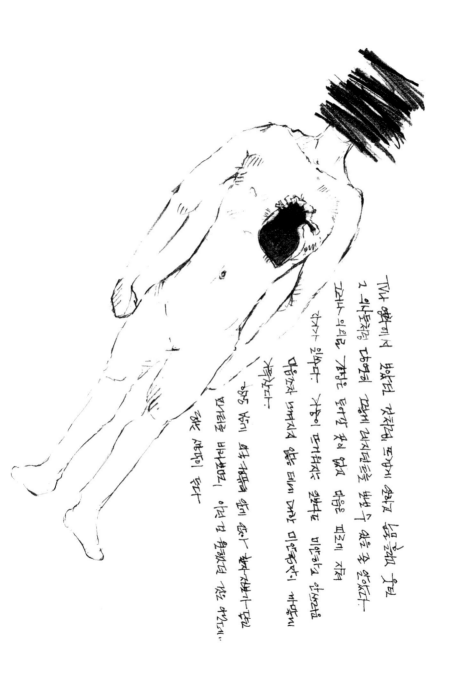

TV나 영화에서 봤었던 거처럼 똑같이 열려진 남자의 몸과
그 위로 집중돼 있는 다섯의 형체. 외부제로를 쓴 그 않은 중
그래도 익익히. 개방된 둥이강 죽의 없이 대금은 피고의 지원

다가가 익싸다. 개들이 뜨거워지는 각막은 비안하고 안녕히
망호조 부서지는 많은 터너 대하 미안증이 마음에
계속됐다.

야 방에 약 계속에 앉이 앉나 쐐재냈나-없
보이테르 바닥했던, 아직도 항해지지 않은 마음…
결혹 생별이 된다

다음과 같이 시작된다. 누군가가 아무 이유 없이 글을 올린다. '5억 받기 vs 김태희와 하루 데이트.' 그러면 그 아래에 달리는 기상천외한 댓글들이 즐거움을 주는데, 이를테면 김태희가 나한테 해준 게 뭐냐며 당연히 5억을 택하겠다는 댓글이 있는가 하면, 5억으로 신도시 아파트에 투자해서 500억을 만든 다음 김태희 소속사를 산 뒤 계약서 갱신 때 데이트 조항을 넣겠다는 사뭇 진지한(?) 댓글도 있었다. 이따금 비교 놀이 중에는 질문의 밸런스가 훌륭해 선택하는 데 쓸데없이 시간과 노력을 들여야 하는 문제들도 있다. 드라마 속 의사들을 비교한 다음과 같은 문제도 그런 것 중 하나였다.

'병원에서 당신이 만나고 싶은 사람은 봉달희 같은 의사입니까, 아니면 장준혁 같은 의사입니까?'

환자 편에 서서 환자의 마음을 안아주는 의사가 좋으냐, 아니면 차갑고 냉혹하더라도 실력이 출중한 의사가 좋으냐라는 질문이었는데, 일주일에 두 번만 퇴근하는 삶을 살다보니 봉달희는커녕 비닐봉다리만도 못한 의사가 되어가고 있었다. 친절한 응대는 나에겐 사치였고, 간호사들 콜에 이리저리 소리 지르고 환자들에게 부드러운 말 한마디 건네지 않는 전방위 공격수가 되어간 그 시절. 그렇다고 의술이 뛰어날 리도 만무한 신경외과 1년차.

이도 저도 못 되는 사이 가슴이 뻥 하고 비어가는 걸 느꼈다. 빈 그곳에는 환자를 생각하는 뜨거운 마음도, 질병에 다가가는 냉혹한 뇌도 없고 그냥 피로에 전 시커먼 구멍만 있었다. 그러나 그런 기분을 억지로 끌고 가봤자 남는 것은 아무도 알아주지 않는 투정뿐이다. 오늘은 뭘 해야 어제와 다를까를 고민해볼 것이다. 스스로 다독이고 다잡아야 한다. 그러면서 하루는 또 흘러갈 것이고.

누구나 칸트가 되어가는 곳

항상 두던 자리에 있던 신발이 없어져 선배는 아침부터 분주했다. 의국을 청소하시는 아주머니께서 어딘가로 치워둔 모양이었다. 둘러보니 우리가 신던 크록스와 다른 신발들이 의국 한켠에 가지런히 모여 있었다. 몇 제곱미터에 불과한 조그만 의국에서 원래 자리에 있지 않으면 바로 찾기 힘든 물건과 그 물건의 소유자들. 오늘은 그런 이상한 습관들을 스스로 만드는 사람들에 관해 이야기하려 한다.

"옛날에는 안 그랬는데……"

오래간만에 조용한 주말이 되면 의국 사람들끼리 모여 이야기를 나눈다. 희한하게도 우리는 모두 말 많은 남자였고 술 없이도 잠들기 직전까지 입을 놀릴 수 있는 사람들이었다. 병동이나 중환자실, 수술방 이야기에서 시작해 서서히 입이 풀리면 으레 과거로 거슬

러가기 마련이고, 그 이야기의 끝은 대부분 '난 신경외과 하기 전에
는 안 그랬는데……'로 맺어졌다.

10시가 되면 칼같이 잠들고 아무리 피곤해도 중간중간 콜을 받
을 때 빼고는 죽은 듯이 자는 선배의 '옛날'은 수면제로도 나아질
기미가 없는 불면증의 나날이었다고 한다. 베개에서 반 뼘 떨어진
곳에 항상 안경과 휴대전화를 두고 자는 선배는 언제나 '루틴routine
을 만들어야 한다'고 강조했다. "우리가 하는 일은 너무 많은데 하
필 놓치면 큰일 나는 일이 태반이야. 그러니 머리가 하는 게 아니
라 몸이 알아서 하도록 습관을 만들어야 해." 일어날 때 본능적으
로 오른손을 뻗어 반 뼘 옆의 안경을 쓰듯이 습관적으로 환자의
랩피 검사 중 빠진 것이 없나 보고, 습관적으로 환자의 영상을 열어
보며, 습관적으로 졸지 않고, 습관적으로 밥을 먹을 뿐 아니라 습
관적으로 환자를 봐야 한다고 했다. 그 습관을 길러야만 괴롭지 않
게 신경외과 전공의로 지낼 수 있을 거라 말했다. 선배도 예전엔 마
음 내키는 대로 살았고 습관적인 삶은 좋아하지 않았다고 했다. 신
기하게도 우리 대부분은 '예전'의 습관과 '지금'의 습관이 매우 비
슷하다.

'신경외과의 칸트'라 불렸던 선배 이야기도 빼놓을 수 없다. 그
선배는 정확히 6시만 되면 오래된 의국 문을 벌컥 열어 모두가 억

지로 아침을 맞게 했다. 그리고 본인은 가방을 사물함에 던져놓은 뒤 화장실로 직행한다. 그런 탓에 나는 항상 5시 반에 일어나 50분까지 화장실 업무(?)를 마쳐야만 했다. 그 선배 역시 예전엔 자기가 이렇게 칼같이 살진 않았다고 했다. 이처럼 서로 다른 옛날을 가진 사람들이 만나 똑같이 닮아간다. 나는 그때 이제 막 루틴을 만들려고 낑낑대던 1년차였다.

'의지와 상관없이 열심히 살아야 하는 우리는 신경외과 덕후.' 안경을 베개 옆에, 휴대전화를 안경 옆에 두던 선배가 하던 말이다. 이러니저러니 해도 우리는 신경외과 일이 너무 재미있어서 하는 사람들이라고. 고생도 할 거고 괴로움이나 어려움도 있겠지만, 다시 선택의 기회가 주어져도 신경외과를 지원할 사람들이라고. 짧지만 길고 길지만 짧기도 했던 3년 반의 치프 레지던트 생활. 신경외과를 하지 않았더라면 이렇듯 뜨겁게 고민하고 뜨겁게 반성하고 뜨겁게 부끄러워하고 뜨겁게 즐거워하지는 못했을 것 같다.

죽음을 밥 먹듯 이야기하는 사람들

의사들은 대부분 특정 학회에 소속되어 있다. 신경외과학회나 내분비내과학회와 같이 과 이름을 딴 큰 학회뿐만 아니라 척추통증학회나 우울증학회처럼 분화되어 있는 학회들까지 최소 하나 이상의 학회에 소속되어 활동하고 있다.

각 학회는 매년 한 차례 이상 학술대회를 여는데, 각지에 흩어져 있는 의사들이 모여 공부도 하고 인사도 나누는 자리다. 참, 그리고 바깥 날씨가 추운지 더운지도 모른 채 병원 안에서 묵는 레지던트들이 오래간만에 태양광선을 쬘 기회이기도 하다.

신경외과 전공의가 되고 처음 학회에 갔을 때 그곳에서 만난 이들은 모두 신경외과 오타쿠 같았다.

"이번 뇌출혈은 모양이 좀 특이하죠?"

"환자의 의식이 멀쩡했다는 게 이상하네요. 말씀은 못 해야 할 것 같은데."

"뇌동맥류가 안 터졌네요?"

마치 오늘 저녁이 어떠어떠했다는 평을 하듯 일상적인 톤으로 나누는 이야기는 하나같이 죽음과 연결된 아주 살벌한 내용이었다. 그것도 머리 까만 이십대부터 백발성성한 할아버지까지 말이다.

매일 몸도 마음도 전력 질주하면서 의국 침대에 누우면 퇴근이고, 침대에서 일어나면 출근인 삶을 살다가 잘못된 일이 벌어지면 다 내 책임 같아 못난 자신을 탓하며 '아, 나만 이런가' 하고 생각하는 날들. 그런데 학회에 가면 남녀노소 불문하고 나와 같은 길을 걷고 있는 이들이 우르르 모여 강의 듣고, 발표하고, 커피도 마시며 박수도 친다. 잘생긴 놈, 못생긴 놈, 키 큰 놈, 작은 놈, 머리가 긴 분, 짧은 분, 안경 낀 사람, 옷 잘 입으려 했으나 영락없이 의사답게 입은 사람 등등. 가만히 보고 있자니 그들에게서 어색함보다는 친숙함이 느껴져 괜히 기분이 좋아진다.

내겐 한국에서 카센터를 운영하시다 미국으로 이민 간 이모부가 계신다. 나는 그 어른을 꽤나 존경하는데, 그는 퇴근하고 집에 돌아오면 가족들과 시간을 보낸 뒤 자기 전 컴퓨터를 켠다. 그러곤 미국에 있는 자동차 수천 종에 대한 정보를 찾아 공부하신다. 그 일을 매일 밤 한 번도 거르지 않는다. 흔히 자동차 수리 일은 그저

경험만 쌓으면 될 것 같지만, 사실 끊임없는 공부가 요구되는 직업
이다. 의사 또한 사람 몸을 고치는 일이기에 평생 공부를 게을리하
지 말아야 한다. 얼마간의 고통이 뒤따르는 일임에 틀림없지만 저
렇게 웃으며 이야기 나누는 선생님들을 보니 마냥 힘든 일만도 아
닌 것 같다. 나는 내 미래의 수많은 조각 중 하나를 신경외과 학회
장에서 슬쩍 엿본 셈이다.

라면 끓이는 교수님

매주 금요일 아침이면 우리 신경외과 의국에는 라면 냄새가 진동한다. 교수님과 레지던트와 인턴들이 회진 후 라면이 끓는 테이블 주위에 둘러앉아 한 주 동안 있었던 일들에 대해 두런두런 이야기를 나눈다. '금요 라면 데이'는 거창하진 않아도 우리 의국의 훈훈한 전통이다. 이제 어엿한 직장인이 된 친구들 이야기를 들을 때면, 부장이니 차장이니 과장이란 용어만으로도 새롭게 느껴진다. 한편 회사는 아니지만, 우리에게도 의국이란 게 있다. 개념은 약간 다르지만 소속되어 근무하고 선후배, 동료가 함께 일한다는 점은 마찬가지다. 의국은 레지던트 1년차부터 치프 레지던트인 4년차까지, 그리고 위로는 펠로 선생님과 교수진까지 조직이 짜여 있다. 여느 직장과 다름없이 오더를 내리고, 업무가 원활하지 않으면 얼굴도 붉혔다가 때론 회식 자리에서 이를 풀기도 한다.

같은 신경외과라 해도 병원이나 시기에 따라 의국 분위기는 사

못 다르다. 당연한 말이지만, 병원이 다르면 의국 분위기도 다르며, 또 그해 치프의 성격에 따라 분위기가 바뀌기도 한다. 이를테면 왕에 따라 그 치세의 풍조가 확실히 갈렸던 조선조처럼 말이다. 그렇다면 내가 치프 레지던트가 됐던 3년 동안 의국의 성격과 분위기는 어떠했는가? 글쎄…… 노코멘트로 일관하겠다.

다른 병원을 가보진 않았지만 우리 병원 우리 과의 분위기는 확실히 상급에 속할 것이다. '일만 힘들자!'가 우리 의국의 모토이기 때문에 인간관계로 힘든 일은 생기지 않게 하려 한다. 내가 힘드니까 너라도 힘들지 말아야지 하는 긍정적인 분위기가 감싸고 돈다. 그러면서 서로 같은 베개에 침 묻히고 자며, 아침마다 희멀건 궁둥이를 내놓고 샤워하고, 아침에 혼났다가도 저녁엔 웃고, 가족보다 더 자주 보는 사이이기에 더 가까워질 수밖에 없으며 서로에 대해 진지하게 고민하게 된다.

우리 의국만의 전통인 '금요 라면 데이'에는 자타가 공인하는 셰프 교수님께서 직접 라면을 끓이며 그 주의 인턴들이 가져온 생계란을 넣는 것으로 화룡점정을 이룬다. 한 주의 고단함과 주말을 기다리는 따뜻한 마음이 함께 담겨 있는 얼굴로 서로를 대하는 자리. 대학 시절부터 자취하며 혼자 지내왔던 나에게 이런 따뜻함은 지금 병원의 신경외과로 오게 한 큰 동력이 되었다. 힘들 때마다 뱃

속을 차곡차곡 단것으로 채워넣었기에, 다이어트 한답시고 요 며칠 곡기를 끊었지만 금요일에 먹는 라면만큼은 포기할 수 없다.

이제 레지던트를 마치기까지 정확히 1년 남았다. 내 옆에서 수줍은 듯 김밥을 먹고 있는 인턴을 보고, 또 내 앞에서 라면을 드시며 과거사를 들려주는 교수님들을 바라보노라면 비록 아직은 어둠 속 터널이지만 앞으로 내 갈 길이 살짝 보이기도 한다. 그나저나 이번 주 라면은 꽤나 잘 끓였군.

뭐라도 하고 싶은데 실은 아무것도 하기 싫다

살다보면 가만있어도 좋은 생각이 불쑥 떠오르고, 마음은 일렁이며, 손발은 근질거려 어쩔 줄 모르는 날이 있지 않은가. 신나는 일들에 대한 기대가 머릿속을 채워 당장에라도 뛰쳐나가 뭐든지 할 수 있을 것 같은 날들. 뼛속 깊이 사무치도록 하고 싶은 것들을 향해 달려가는 시간이 누구에게나 있었을 거라고 나는 생각한다. 흔히 '바람이 부는 때'라고 말하는 날들. 하지만 오늘은 이와 정반대 이야기를 하려 한다.

하고 싶은 게 하나도 없는 나날. 정말 아무것도 하기 싫은 시기. 귀찮거나 피곤한 탓이 아니라 무언가를 해야겠다거나 하고 싶다는 생각이 전혀 떠오르지 않는 때. 약간 우울하긴 하지만 눈물까지 날 정도는 아닌 날들. 어제와 같은 오늘이었기에 내일도 뻔할 거라 생각되는 나날. 이런 때에는 한번 누우면 정말 누워만 있게 된다. 스스로 겪은 이런 시기를 나는 '무풍지대', 즉 바람이 전혀 불지 않는 곳이라 이름 붙였다.

Calm area 혹은 Doldurm우울, 침체으로 번역되는, 적도에 위치한 무풍지대는 오로지 바람의 힘으로만 배가 전진하던 시절 뱃사람들이 폭풍보다도 무서워하는 곳이었다. 풍랑에 흔들린 배가 길을 잃고 무풍지대에 도달하면 바람이 거의 불지 않아 며칠, 심지어는 한두 달 동안 손 놓고 한자리에 머무르는 수밖에 없었다. 출항 때 실어온 식량과 식수는 떨어지고 라임병으로 선원들이 죽어나가도 기약 없이 바람이 불기만을 기다렸던 바다의 지옥 무풍지대는, 마음에 바람 한 점 불지 않는 시기와 닮았다. 그런 날이 찾아올 땐 뱃사람들처럼 정말 어쩔 줄 몰라 했다. 차라리 노라도 있으면 저어볼 텐데…….

"너는 아직 정신을 못 차렸어!"

이런 말을 많이 듣고 자란 나다. 그 시절 일상은 늘 답답했다. 뭘 해도 이루어질 것 같지 않았고, 그러니 난 움직일 이유가 없었다. 그렇게 누워 있다보니 결국 움직일 힘이 없어 이리저리 핑계만 대고 살았다. 남들은 모두 달려가는 세상에서 혼자서만 걷자니 그조차 힘들었다. 그러다가 답답한 마음에 읽은 항해 이야기가 실린 책에서 무풍지대에 관한 내용을 봤다. 누군가가 안아주는 것처럼 묘한 안심이 드는 이야기였고, 나를 따뜻하게 밀어주는 힘을 느꼈다.

뱃사공들에게 물어봤자 마음의 무풍지대에 대한 답이 있을 리 없다. 물론 내가 읽었던 항해 책에도 그 방법은 나와 있지 않았다. 하지만 나와 같은 경험을 하고 있는 이들에게 나는 감히 그냥 기다릴 것을 제안한다. 그냥 기다리면 힘드니까 아예 드러누워서. 그래도 혹시나 불어올 바람을 놓치지 않게 눈은 계속 돛을 주시하면서. 기다리고 기다리다보면 내 차례가 올 거라고 확신한다. 다만 그 순간을 잊어버리지만 말자. 나는 기다리고 있는 사람이지 포기하고 드러누운 사람이 아니라는 것을 잊지만 않으면, 언젠가 바람은 불 것이다.

저 많은 불빛 중 나를 위한 자리가 있을까

2013년 겨울. 개인적인 사정으로 대학생활의 전부를 보낸 서울에
서 내려와야 했을 때, 부동산에서 월세 보증금 잔액을 처리하고
나와 큰 보따리를 질질 끌며 기차에 탑승을 하는 길은 내 인생에
서 가장 우울한 시간 중 하나였다. '정방향을 탈걸. 이 우울한 풍
경이 시속 300킬로미터로 삽시간에 눈앞에서 지나가기라도 할 텐
데……' 보고 또 봐도 소실점을 향해 작아지기만 하고 사라지지
않는 한강철교 부근의 풍경들을 보며 슬픔만 소실되지 않고 남아
있었다. 자이니 푸르지오니 하는 아파트들이 노란색 불을 환히 밝
히고, 큰 빌딩들도 휘황한 빛을 내뿜으며 '이리 와야지. 어딜 가?'
하며 나에게 손짓했다.

　그땐 그랬다. 지하철 창밖으로 불 켜진 아파트만 봐도 질투가 치
밀었다. 저기 있는 수많은 사람이 다 나보다 잘났을까? 저 중에 단
한 명이라도 나보다 금전적으로나 학벌로, 혹은 도덕적으로나 나이

로, 또는 신체적으로 부족한 사람은 없는 걸까? 그러면 대체 난 한국에서 몇 등이란 말인가? 그땐 그랬지. 지질함의 극을 달렸지. 그때 한껏 담금질을 해서인지 요즘엔 몸이 힘들어도 마음이 바닥으로 떨어지는 일은 없는 것 같다. 지금의 내가 그때의 나를 마주쳤다면 뒤통수를 가볍게 치며 말했을 거다. '웃으라고, 인마.'

오늘 오프엔 서점에 들러 책을 몇 권 사고 그길로 카페에 앉아 잘 쓰지도 못하는 글을 끄적였다. 이내 저녁이 되어버렸고, 어둑해진 길을 오랜만에 여유를 갖고 걷다보니 노란색 불들이 창을 투명하게 물들이는 게 아닌가. 문득 그때 기차에서 바라보던 불빛들이 떠올랐다. 그래, 사실 그때나 지금이나 따뜻해 보이는 불빛이다.

저 창 안에서는 최소한 하나 이상의 인생이 제 이야기를 만들어가고 있을 것이다. 그 이야기가 내 이야기와 맞닿을 일은 확률상 드물겠지. 하지만 나도 저 사람처럼 병원에서나 집에서나 내 방의 전구를 밝히고 있구나 하는 생각이 들었다. 마치 한여름 밤 심야 영화관에 온 사람들처럼, 서로 모르지만 함께한다는 온기가 느껴졌다. 방에 불을 켜고 나오길 잘했다는 생각도 들고 말이다.

힘냅시다. 다들 수고가 많습니다.

레지던트 3년차를 마쳤습니다

4년차가 되기 전 마지막 오프는 콧바람을 쐬는 데 쓰기로 했다. 어디로 갈까 고민하던 중 마침 친구의 추천이 있었다. 얼마 전 TV에서 본 올림픽 공원 안의 나무 한 그루가 너무 예쁘다는 것.

"그래? 어디 봐."

친구가 보여준 휴대전화 속 사진에는 푸른 하늘 아래 나무 한 그루가 이국적 분위기를 발산하며 녹색 기운을 뿜어내고 있었다.

'내가 친구랑 맥주 먹고 소리 지르며 달렸던 올림픽공원이랑은 다른 분위기네.'

날씨도 좋겠다, 노트에 적어두었던 '하고 싶은 것들 리스트'에 볼펜으로 두 줄을 죽죽 긋고 무작정 기차표를 끊었다. 내가 줄 그은 리스트는 바로 '휴대전화 꺼두고 여행 가기'.

분명히 서울역에 내렸을 때만 해도 흐린 날씨였는데 몽촌토성역에 도착하자 햇볕이 따가울 정도로 내리쬐기 시작했다. 묻었던 타

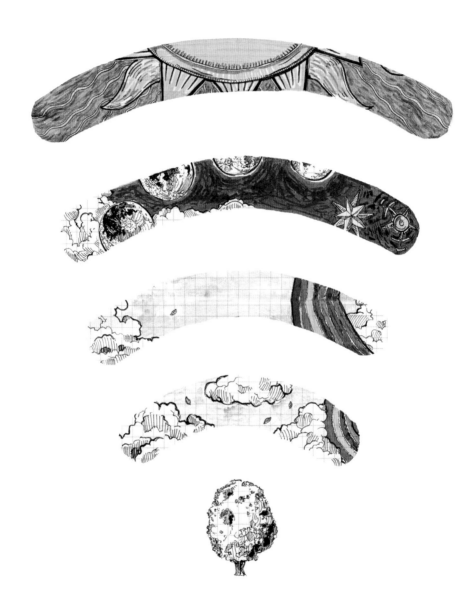

임머신 캡슐을 찾으러 가던 견우가 생각났다면 나이 인증인 걸까. 생각보다 컸던 공원을 한참 걸어가니 녹색으로 움푹 팬 곳이 나타났다. 군데군데 경기장 관람객처럼 둘러앉은 사람들을 따라 시선이 가운데로 옮겨갔을 때쯤 절로 탄성이 나왔다.

"아, 저 나무구나!"

나무가 혼자 서 있어도 외로워 보이지 않는 건 주위를 둘러싼 행복한 사람들 때문이겠지. 녹색 파도 위에 엉덩이를 대고 앉아 멍하니 나무를 쳐다봤다. 5분쯤 지나자 등까지 바닥에 붙어버렸다. 눈앞으로 사람과 나무 대신 하늘이 보였다. 푸른색이 일렁이는 게 기분이 좋았다. 하늘 위에서 바다를 쳐다봐도 아마 똑같은 느낌일 거란 생각이 들었다.

시원한 바람이 분다. 불다가 콧구멍을 통해 머릿속까지 살살 들어온다. 언젠가부터 특별한 곳을 가거나 특이한 경험을 한다고 해서 새로운 생각이 떠오르는 일은 없어져버렸다. 그렇지만 슬프지 않았던 것은 '이대로, 그리고 조금만 다르게'라는 생각이 어릴 적 잠들기 전 엄마의 손길처럼 다가와 나를 감싸주었기 때문이다. 이제 딱 1년 남았구나. 이대로, 그리고 조금만 다르게.

뇌 안에 있는 것

사람들이 어떤 생각을 하며 사는지 궁금했다.
(다른 이들은 상관없어. 사실 나는 내가 어떤 인간인지 궁금할 뿐이지.)

그래서 의대생 6년 내내 내가 되고자 한 것은 정신과 의사였다.
(의대 공부는 이제 지긋지긋해. 그나마 좀 재미있어 보이는 게 정신과
공부란 말이지.)

본과 4학년, 졸업을 앞두고 정신과 문이 좁아졌다는 이야기를
들었다.
(안 돼! 가고는 싶지만 노력할 준비는 돼 있지 않단 말이야!)

처음엔 절망했지만 그래도 희망을 버리지 않고 끝까지 바라보았다.
(다른 곳은 생각하지 않으면서 그렇다고 딱히 한 것도 없네. 어떻게든

되겠지.)

시간이 어떤 모양으로 흘렀는지, 나는 어느새 신경외과 레지던트가 되어 있었다.
(목표가 없는 꿈이 이끄는 삶이란…… 그러나 새로운 꿈이 새로운 목표를 만들어줬어. 감사한 일이지.)

4년간 뇌를 주물럭거리며 살 줄만 알았는데
(살아 있는 사람의 몸속에 꼭꼭 숨겨져 있는 신경을 보는 것만 해도 대단한 일이니까.)

모든 순간 내가 만났던 것은 뇌 속에 들어 있는 혼이자 정신이자 마음이었다.
(내가 만났던 모든 환자와 보호자는 나와 '신경'으로 묶인 존재였지. 나는 어느덧 신경뿐만 아니라 신경의 소유자들을 볼 수 있게 된 거야.)

의식불명으로 병원에 도착했던 자발성 뇌출혈 환자도, 나에게 절망적인 이야기만 들었던 그의 아내도, 두 발로 걸어 들어왔다 결국 눈을 감은 채 병원을 나가야 했던 뇌종양 아주머니도, 함께 통

곡했던 그녀의 딸도…… 어느 날 움직이지 않는 발을 끌며 들어와 디스크 제거를 받은 뒤 두 다리로 당당히 걸어 나갔던 아저씨도, 그를 부축하며 병원에 데리고 왔던 아들도…… 작업을 하다 머리부터 떨어져 생긴 혈종으로 내원한 군인도, 그의 노모도……

모두 내가 만난 마음이다.

참 신기하다. 결국은 마음으로 돌아간다.

그래. 우리는 신경(마음)을 만지는 의사들.

수술은 절대 하지 않을 거야

"아, 시원하게 SDH^{경막하혈종} 수술이나 하나 했으면 좋겠다."

신경외과 인턴 시절, 조용한 주말이면 치프가 입버릇처럼 읊조리던 말이었다. 나는 학생 시절부터 지루한 수술이 싫고 한기와 정적만 흐르는 수술방이 싫었다. 인턴 때도 수술이 싫기는 마찬가지였다. 저녁에 시작한 응급 수술이 새벽에 끝나면 수술 부위의 CT를 찍기 위해 아직 호흡이 돌아오지 않은 환자에게 앰부백을 짜주면서 가야 했다. 졸리고 피곤한 채로 한 손으로는 침대를 밀고 다른 한 손으로는 엠부백을 짜면서 나는 다시 한번 다짐했다.

'절대로 수술은 하지 않을 거야.'

나는 가능한 한 계속 게으르고 싶었다. 그런 내가 치프가 된 지금은 잠시 산책을 나와 손으로 까딱까딱 수처^{suture} 봉합하듯이 손목을 움직이면서 읊조린다. '뭐 하나 안 오나.' 그러다가 그때 그 선배처럼 변한 나 자신을 문득 깨닫곤 피식 웃는다. 참 희한하다. 난 원래 자주 눕고 싶어하는 사람이었다.

　인간이란 원래 앉으면 눕고 싶다고 했던가. 그러면 누운 다음에는? 누운 다음에는 자고 싶고, 자면 깨지 않고 싶다. 나 같은 게으른 사람들의 일반적인 행태는 시계 분침의 5나 0을 기준으로 일상의 깃발을 세우는데, 한번 누우면 아무리 '5분만' '30분만' 해도 그 깃발이 잘 서질 않는다. 자의 반 타의 반으로 31분이 되어버리면 '앗! 얼른 일어나야지'가 아니라 '에이, 40분에 일어나야지' 하는 사람이다. 그렇기에 나에게 눕는 것은 사실 피로를 풀기 위한 적극적인 행위가 아니라 중력을 핑계 삼아 모든 것을 연기시키기 위한 수동적인 행위다. 일어나도 여전히 달라진 건 하나도 없고 더 눕고 싶은 관성만 몸에 남아 있다.

　이런 나이기에 빈틈없는 시간 관리를 하며 산 경험은 적다. 그에 비해 시간이 허술하게 지나가버리는 날은 너무나 많이 경험했다. 바늘이 30분을 가리키면 몸이 알아서 일어나줄 줄 알았지만 한 번도 내 바늘은 나를 깨운 적이 없다. 대신 남의 바늘이 억지로 나를 흔들어 깨운다. 출근 바늘, 발표 바늘, 수술 바늘. 결국 남의 시간에 끌려다니면서 살아왔는데, 이렇게 끌려다닌 시간 끝에 행복이 기다리고 있을 리는 없다.

　어느 작가가 말했다. 의지는 주머니 안에 있는 거라서 꺼내 쓸

때마다 자꾸 줄어든다고. 그러니까 나도 자꾸 눕고
싶을 때는 딱 샤워실에 들어갈 만큼의 의지만 사
용한다. 물론 그것도 끄집어내지 못한 채 침대 위에
픽픽 드러누울 때가 더 많지만, 그래도 내 하루를 다르
게 하는 건 나 자신이라고 속으로 외치면서 일어나본
다. 이건 밥때를 놓치고 공부할 때를 놓치고 사람
만나야 할 때를 놓치는 게으름뱅이의 게으른 소
리다.

　팽이는 자꾸 쳐야 돌아간다. 아! 물론
내 팽이는 내가 쳐야지 남이 치면 아프다.

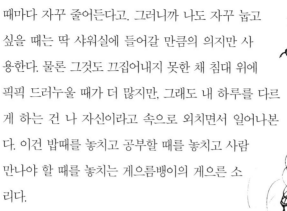

그림을 왜 그리니?

어릴 적 만화와 낙서를 좋아하는 아이였지만 난 미술학원만큼은 끔찍이 여겼다. 그러다가 대학에 와서야 본격적으로 낙서가 아닌 그림이란 걸 그리기 시작했다. 배워본 적은 없지만 그래도 그림이 좋아서 사람들을 모아 함께 작업하고 전시도 열어봤다. 그때는 한창 철학에 심취했을 때였기에 그림에도 뭔가 고민의 흔적을 잔뜩 남기고자 했고, 나 혼자 도취돼서 그린 그 그림들이 세상 밖으로 나가면 다른 사람들의 마음을 흔들 거라 생각했다. 기왕 고백하는 거 다 털어놓자면, 데이미언 허스트를 보며 사람들이 느꼈던 충격을 내 작업을 보면서 느낄 수 있을 거라 기대했다. 대2에 중2병에 걸린 것이다. 물론 전시는 초라하게 끝났다.

가끔씩 그려왔던 보잘것없는 그림도 점점 힘들어지는 학업 때문에 손을 떼야 했고, 인턴이 되고서야 그림에 대한 욕심이 다시 생겨났다. (월급이 이렇게 사람의 마음을 여유롭게 합니다. 여러분.)

마산에 내려올 때 가장 먼저 검색했던 것이 바로 화실, 버거킹 그리고 서점이다. 이 세 가지는 내 생존과 직결되는 요소들이기에 없으면 어쩌나 하고 걱정했다. 버거킹은 오후 7시면 문을 닫았고 서점은 병원에서 택시로 30분이나 걸렸지만 화실은 그래도 곳곳에 있었다. 알고 보니 마산은 예술촌이 있어서 지역 예술활동을 지원해줄 정도로 예술적인(?) 도시였다. 나에겐 다행이었다. 불규칙한 오프지만 한번씩 화실에 나가 그림을 그리곤 했다. 에곤 실레의 드로잉에 반해서 주로 사람 몸이 들어간 그림을 그렸는데, 그마저 꾸준히는 못 했다.

어찌 보면 이전과 다름없이 낙서 같은 것만 끄적대던 인턴 시절의 어느 날, 응급실 진료를 보던 내 시선은 침대 위에 누워 있는 두통 환자의 벌거벗은 발에 고정되었다. 저 멀리 응급실의 구석진 곳. 이동식 침대에 누워 있는 두통 환자의 벌거벗은 발이 얇은 이불 밖으로 삐져나와 있었다. 많은 사람이 집 밖에서 양말이나 신발을 벗은 채로 있는 걸 꺼리는데 왜 저 사람은 맨발인 채 덩그러니 누워 있을까. 그런 것조차 신경 쓰지 못할 정도로 아픈 걸까. 순간 내가 그의 낯선 모습만을 주시할 뿐 그의 심경이 어떠한가를 살피지 못했다는 걸 알아차렸다.(응급실은 그처럼 환자가 통증과 수치심을 교환하는 곳이다.) 그런 나는 스스로가 생각해도 끔찍했고 그걸 잊지 않기 위해 얼른 그림으로 남겼다. 그리고 그것이 바로 병원 그림일기의 시작이었다.

미래에 대해 자신이 없는 건 물론이고, 현재에 대한 확신도 없는 나에게 그 그림은 길을 걷는 데 있어 하나의 이정표가 되어주었다. 헨젤과 그레텔이 빵조각을 흘리듯 그림과 글을 하나씩 떨어뜨리다 보면 지나온 길이 보이고 어느새 나아갈 길도 보이지 않을까. 그런 생각으로 하나둘 남긴 글에 이제 독자도 한두 사람씩 생겨나 어느덧 연재 아닌 연재가 되어버렸다. 매주 그림 그리고 글 쓴다는 게 쉽진 않지만, 그럼에도 일상이 그림으로 연결될 때 낙이 생긴다.

이번 주는 무얼 그리나, 하고 고민하는데 친구가 말했다.

'그걸 그려. 의사가 그림 그릴 걸 고민하는 모습 자체가 특이한 일이야.'

그러게. 사실 나는 의사가 하지 않아도 될 일을 하고 있다. '하지 않아도 될 일'을 '나만이 할 수 있는 일'로 바꿔보는 게 지금의 목표이고, 그러면서 내가 다른 사람의 손도 잡아줄 수 있었으면 하는 바람이다.

응급실은 환자의 통증이 수치심과 교환되는 곳이다

잠깐만요, 단거 좀 먹고 가실게요

남자의 자취생활 10년은 못된 식습관이 버릇으로 굳어지기에 충분한 시간이다. 삼시 세끼를 병원 밥으로 꼬박 잘 챙겨 먹던 나도 매주 토요일 밤이면 어김없이 찾아오는 치킨의 유혹을 당해내지 못한다. 그러나 생전 보지 못했던 체중계의 숫자를 보고야 말았던 것은 일하면서 먹은 '단것' 때문이었다.

힘들었던 레지던트 1년차 시절, 그때 난 왜 군인들이 화장실에 숨어서라도 초코파이를 입에 욱여넣는지를 알게 되었다. 콜을 받고 새벽 세 시에 일어나 응급실을 오갈 때, 병원 이곳저곳에 흩어져 있는 입원 환자들을 보러 다닐 때, 환자들이 찍은 MRI 결과 판독을 의뢰하려고 영상의학과 문을 두드릴 때도 그 길 중간중간에는 편의점 초콜릿 코너가 빠짐없이 있었다. 인생에서 단 음식을 가장 많이 먹었던 시기다. 그렇게도 일이 많던 1년차 시절에 오히려 살이 찌는 데는 이유가 있었다. 알고 보니 나만 그런 게 아니라 선

배들도 그 시절엔 그렇게 단게 당겼다고 한다. 지금 1년차 후배도 신경외과 들어와서 10킬로그램이나 쪘다며 투덜댄다.

겨울은 신경외과 의사에게 힘든 계절이다. 뇌혈관에는 추운 날씨가 좋지 않은 데다 길이 미끄러워 작은 사고로도 머리나 척추를 크게 다치기 때문이다. 뿐만 아니라 추수를 무사히 끝낸 할머니 할아버지들께서 막 한숨 돌리고 아픈 허리를 치료하러 오는 때가 바로 겨울이다. 아직 완연한 겨울은 아니지만 서서히 추위가 닥쳐옴을 늘어나는 입원 환자 숫자로 먼저 알아차린다. 의사도 간호사도 늘어가는 환자에 비례해 조금씩 지쳐가는 게 눈에 띈다. 이런 때에는 역시 단게 최고다!

병원에서 20분 정도만 걸으면 세상 단맛을 온몸에 두르고 있는 도넛을 파는 가게가 있다. 할인 특가로 산 네 박스를 두 손 가득 들고 와서 병동과 중환자실에 나눠주었다. 뭘 부탁하려고 이러시나 하는 간호사 선생님들의 의심 어린 눈초리는 가볍게 무시했다. 입 꼬리가 이미 광대뼈에 걸렸기 때문이다. 다들 충분히 당 고속 충전이 완료됐는지 전화기 너머로 노티 오는 목소리들이 한결 밝다. 그래, 역시 단게 답이야.

교보문고 알바 낙방기

아르바이트를 구하는 데서부터 성공하지 못한 연애에 이르기까지, 소심하고 수줍음 타는 성격의 소유자인 나는 세상을 향해 손을 뻗으려다가 실수한 사연을 많이 가지고 있다. 그중에서도 교보문고 아르바이트 지원과 그림 전시를 빼놓을 수 없다.

때는 2008년, 베이징 올림픽으로 아시아가 뜨거웠던 시절이다. 나는 일생의 전환기를 맞고자 의대생에게는 다소 생소한 개념인 휴학을 감행했다. 그러나 아무런 준비나 계획 없이 시작한 휴학에서 전환기가 그렇게 쉽게 찾아와줄 리 없었다. 휴학을 빙자한 채 노는 것도 슬슬 지겨워지던 때, 마침 교보문고에서 메일 한 통이 날아왔다.

'알바 구합니다.'

메일을 읽는 순간 상상의 나래를 펼쳤다. 교보문고 앞치마를 입고 하루 종일 책을 만지며 활자에 둘러싸여 있는 내 모습. 곧바로

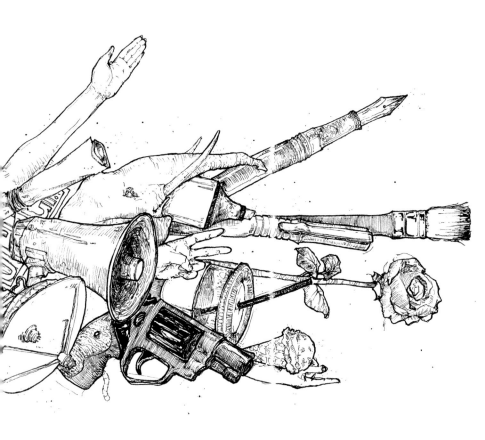

컴퓨터 앞에 앉아 이력서를 작성하기 시작했다. "안녕하십니까. 저는 항상 교보문고만을 애용하는 성균관대학교 의과대학……"

그러다 내세울 것 하나 없이 텅 빈 초라한 내 이력서를 바라본다. 그렇지만 이렇게 포기할 순 없다. 단 하나, 길게 적을 수 있는 질문을 발견했다.

'강남 교보문고만의 장점은 무엇이라고 생각합니까?'

나는 야심차게 써내려갔다. 당시 보냈던 이력서가 아직 남아 있으므로 발췌해보겠다.

교보문고 강남점의 장점은 화장실 위치라고 생각합니다. 지금부터 예를 들어보겠습니다. "아, 화장실이 급한데 어딜 가야 되지?" "오빠, 교보문고 가자!" "그래, 교보문고엔 화장실이 바로 문 근처에 있지!" 자, 이렇게 남자친구가 화장실에 가 있는 동안 여자친구는 그 옆 베스트셀러 코너에서 책을 봅니다. 화장실을 터부의 공간으로 치부하고 건물 뒤편으로 돌려놓은 여느 서점들과 달리 강남 교보문고는 아주 깔끔한 화장실을 한가운데에 배치했습니다. 책은 급한 마음으로 사는 것이 아닙니다. 아니, 급한 마음으로는 어떤 책도 구매하지 못합니다. 소비자의 상황에 대한 배려와 책 판매에 대한 정확한 비즈니스 마인드를 가지고 있는 교보문고……

하아, 그땐 왜 몰랐을까. 떨어질 거라는 걸. 내 머릿속엔 다음과 같은 그림이 그려지고 있었다. '아니, 이 기발한 청년을 보게나. 자넨 합격일세!' 그러나 1차 발표가 나온 뒤에야 이런 장면은 만화책 속에나 있는 것임을 깨달았다. 실패담은 여기서 끝이 아니다.

나는 내 그림이 첫째 문제의식에 대한 치열한 고민, 둘째 번뜩이는 아이디어, 셋째 세련된 표현 형식, 이 세 박자가 어우러졌다고 평가받을 줄 알았다. 어떤 장벽도, 타인의 시선도, 비교 대상도 없는 머릿속 상상은 제멋대로 가지를 쳐 전시회 후 의사를 계속 할지, 아니면 예술가의 길을 걸을지 고민하게 될 줄 알았다. 환상은 전시 첫날 산산조각 났다. 몇 명의 시선만 끈 채 전시는 막을 내린 것이다.

항상 그랬다. 언제나 야심찼지만 나는 사태를 제대로 바라보거나 정확히 계산할 줄 몰랐다. 또 남들의 상황이 어떤 줄도 모르고 내 손을 잡아주길 바랐다. 좋은 일이라도 최선을 다하지 않으면 꼭 좋은 기억으로만 남진 않는다는 사실을 시간이 흐르면서 알게 되었다.

이제는 막연히 손 내밀지 않을 것이다. 그보다는 나처럼 부족한 이들이 내민 손을 잡아주고 싶다. '여기 당신의 손을 바라보고 있는 이가 있다고, 그러니 마음껏 꿈꾸라고.'

마흔 너머의 세상

다니던 치과에서 우연히 본 신문에는 이런 글귀가 적혀 있었다. "요즘은 나이에서 9를 빼야 삶의 방식이 옛날과 비슷합니다." 물론 결론은 '그러니 늦은 나이라도 교정해서 아름다운 치아를 가지십시오'라는 것이었지만.

그러고 보면 병원에 오는 환자들의 얼굴도 내 어릴 적 동네 어르신들의 얼굴과는 좀 차이가 난다. 환자 나이를 체크할 때 얼굴과 매치시키기 위해 두 번 이상 쳐다볼 때가 있다. 그만큼 피부에 고스란히 남은 흔적으로는 나이를 가늠하기 어려울 때가 있는 것이다. 내 어릴 적엔 30대 하면 아저씨, 50대는 할아버지로 여겼었다. 그런데 이제는 30대면 청년이고(내가 30대라서 하는 말은 결코 아니다), 50대면 인생을 즐기기 시작하는 때다.

나는 항상 형들을 좋아하고 따라다녔다. 먼발치에 있는 롤 모델보다는 내 눈앞에서 넘어지고 부딪히며 다시 일어서는 이들을 '형

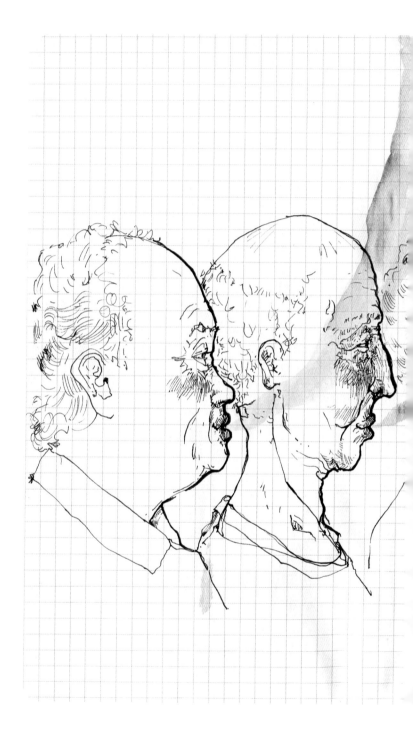

님, 형님' 부르며 쫓아다녔다. 롤 모델이 없다는 건 인생을 바라보는 데 근시안이 된다는 것을 의미한다. 중학생 시절 내 삶에서 아버지는 갑자기 부재하는 존재가 됐고, 나는 마흔 살 이후의 남자가 어떻게 살고 본인의 꿈을 어떻게 가꿔가는지를 볼 기회가 없었다. 내 인생이 30대에 끝날 줄로만 알았다. 마치 중세 시대 사람들이 바다 너머의 대륙을 상상하지 못했듯이, 내 삶도 30대 너머를 그려보기란 어려웠다. 그런 탓에 20대 내내 조급하고 또 우울한 나날을 보냈다.

이제 세상 사람 대부분이 지구가 둥글고 수평선 너머의 세상이 있다는 것을 보지 않고도 알듯이, 나 역시 30대 다음엔 40대, 50대의 내가 있음을 안다. 그러고 보니 30대 이후를 두려워했던 이유는 세상에서 더는 중심에 서지 못하고 변방으로 밀려날지 모른다는 불안감 때문이었다. 이젠 그렇지 않다. 내가 서 있는 곳이 바로 중심임을 알고, 아직 다가오지 않은 삶에 대해서는 호기심과 기대가 더 크기 때문이다.

치과를 나와 길을 걷고 있는데 콧노래를 흥얼거리며 할아버지와 할머니 무리들이 내 옆을 스쳐 지나간다. 그래. 청년의 노래에 앞으로 다가올 삶에 대한 푸른 기대가 실려 있다면 중년의 노래엔 지나온 삶에 대한 예찬이 담겨 있다. 나는 이내 기분이 좋아진다. 인생의 길에서, 그들은 나보다 한참 앞에서 나에게 미소를 띠며, 이곳에서도 절로 노래가 나올 정도로 삶은 아름다운 것이니 기운 내라고 말한다. 걱정하지 말라고 위로한다. 더 많은 아재, 아줌씨, 아지매, 할매, 할배, 하르방, 할망구들이 오래오래 그들의 현재를 노래하길. 나도 언젠가 지나갈 내 길의 그곳에서.

병원의 먼지, 인턴

날이 스산하다. 이제 남쪽 나뭇잎들도 색이 꽤나 짙게 물들고 바래간다. 어느덧 10월의 마지막 날.

대한민국의 11월에는 수능이라는 걸출한 국경일이 전국의 수험생들을 기다리고 있지만, 병원에서는 3000여 명의 인턴이 전공의 시험을 앞두고 있다. 1년간 각 과를 떠돌며 받은 수련을 마치고 드디어 특정 과의 레지던트가 되는 마지막 관문인 셈이다. 적어도 앞으로 30년 이상 하게 될 일이 정해질 수도 있다는 점에서 인턴들에게 11월은 유달리 춥게 느껴질 것이다.

일반 회사의 인턴과는 조금 다른 병원의 인턴은 참으로 신기한 직업이다. 여러 과를 돌면서 그곳이 실제로 어떻게 돌아가는지 경험한 뒤 마음에 드는 곳에 지원할 기회를 제공받는 일이지만, 실제로는 그렇게 낭만적인 일들만 기다리는 게 아니다. 수술 참여나 환자 진찰은 물론이고 회진이나 발표에도 참여해야 하며, 병원의 온

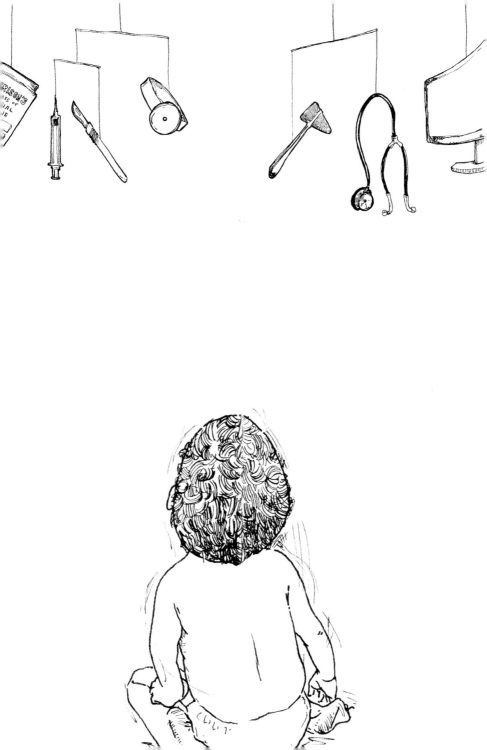

갖 잡일은 도맡아 하는 데다 심지어는 레지던트들의 점심 주문이나 심부름까지 해야 한다. 인턴들 사이에 오가는 비공식 인계장에는 어느 과의 레지던트는 어떤 배달 음식을 좋아한다는 내용도 적혀 있다. '병원의 먼지.' 내가 의대생이 되기 전부터 전해 내려오던, 인턴의 또 다른 이름이다.

이런 흐름에서 좀 벗어난 이야기지만, 난 인턴생활이 너무 재미있었다. 누군가가 나를 필요로 한다는 게 기쁘고 신기했다. 병원의 다양한 사람들과 관계를 쌓고 그들의 일을 구경하는 재미도 컸을 뿐 아니라, 그들의 푸념조차 흥미롭게 들렸다. 그렇지만 무엇보다 가장 좋았던 것은 내가 원하는 바가 무엇인지 분명히 알게 됐다는 점이다.

혹시 글을 읽고 있는 독자가 인턴이거나 의대생이라면, 나는 당신이 얼마나 힘들지에 대해선 관심이 별로 없다. 중요한 것은 인턴생활 동안 자신이 원하는 바를 반드시 찾았으면 하는 점이다. 나는 과를 선택할 때 고민을 너무 많이 해서 오히려 고민의 시작점이 무엇이었는지 잊어버릴 정도였다. 그래서 고민의 이유를 하나둘 적기 시작했고, 마침내 '신경외과'라는 답을 얻어냈다. 신경외과 일을 하면서 지치거나 한숨이 나올 때마다 옛 글들을 찾아 읽었다. 거기엔 지금의 생각과는 전혀 다른 것들도 있지만, 분명한 것은 치열하게 고민했던 내 모습이 함께 기록되어 있다는 것이다. 그렇기에 후회가 없다.

'말턴'이란 말을 아는가? 말 같은 인턴이 아니다. 인턴 기간 1년 중 후반부 3개월을 일컫는데, 군대로 치면 말년 병장인 셈이다. 콜도 잘 받지 않고 초반에 비해 부지런함도 사라지며 일도 느슨하게 하는 그런 시기다. 전공의 시험이 남아 있지만 그 전에 이미 과는 잠정적으로 결정될 때가 많아서이기도 하고, 그냥 힘이 빠져서 그렇게 되기도 한다. 역시 인턴생활을 거쳐온 나로서 말턴에 대한 변명을 해볼까 한다. 모든 시작과 끝이 있는 것들은 그 안에 파도를 품고 있다. 시기의 길고 짧음과 관계없이. 인턴은 고작 1년 안에 의사로서의 수많은 과정을 압축해서 경험하게 되는 시간이다. 그러니 당연히 지칠 법하다. 하지만 그러면 좀 어떤가? 내가 원하는 과를 마침내 찾아내면 그뿐이다.

나도 이제 레지던트 3년차이니 새파란 인턴들의 얼굴을 볼 날도 1년밖에 남지 않았다. 열정적이고 분명한 사람들도 좋지만, 원래는 웃는 얼굴이었던 게 고민하고 지쳐가는 모습으로 바뀌어버린 인턴들을 만나는 것도 좋다. 그들은 작은 손을 내밀면 곧 힘을 내 올라올 수 있는 이들이다. 올 한 해 신경외과를 돌아준 모든 인턴에게 감사하며 내년에는 그들이 부디 스스로 원하는 곳에 가 있기를 빈다.

기대지 말 것

"어서 손 안 떼?!"

수술방에서 교수님의 불호령이 떨어진다. 환자 몸에서 황급히 손을 뗀다. 수술 시간이 길어지면서 나도 모르게 환자 몸에 손을 대고 있었던 모양이다.

수술하는 동안 집도의나 보조의에게는 철칙이 있다. 수술 부위 외에 환자 몸에 손대지 말 것. 손대면 자신도 모르게 환자 몸에 체중을 싣게 되기 때문이다. 마취가 돼 있는 환자는 무겁다거나 아프다는 말을 할 수 없기에, 수술 시간이 길어지면 사소한 일이라도 큰 문제로 번질 우려가 있어 각별한 주의를 요한다. 그럼에도 불구하고 보조의를 하는 동안 몇 차례 혼나고 나서야 나는 환자 몸에 기대지 않는 습관을 겨우 익혔다.

신경외과 수술실은 흥미로운 곳이다. 모두가 마스크를 쓰고 있기에 눈빛만으로 상대방 의사를 파악하고, 수술방의 누군가가 평소답지 않은 몸짓을 보이면 예민하게 반응한다. 눈과 손은 환자의 신경에 집중하면서도 귀로 사방을 감시한다. 수술 중 차단막^{멸균을 위}해 수술장 주변에 두르는 천 너머로 마취과 선생님들의 부스럭거리는 소리가 달라지면 환자 상태에 변화가 생겼다는 걸 뜻하고, 전기소작기를 든 교수님의 손이 내 쪽으로 올라오면 이제 다른 기구가 필요하다는 것을 의미한다. 만약 수술 간호사의 눈빛이 흔들린다면 이다음에 필요한 기구가 준비되지 않았음을 눈치채야 한다. 그리고 화면에 뜨는 몇 개의 숫자와 뇌의 색깔 같은 작은 정보만으로 죽은 듯 잠들어 있는 환자의 상태를 파악해야 한다. 가로세로 4미터 남짓한 방에 모인 두 명의 신경외과 의사, 두 명의 간호사, 그리고 한 명의 마취과 의사는 수술이 시작되는 순간 다섯 명의 무당으로 바뀐다. 서로의 몸짓과 눈빛만으로 필요한 것이 오가서 수술 시작부터 끝나기까지 한마디도 하지 않게 되면 FC 바르셀로나의 아름다운 축구 경기를 보는 것만큼이나 희열이 생긴다. 물론 그런 경우는 1년에 몇 번 찾아오지 않지만.

이렇듯 수술이 성공적으로 끝나려면 단순히 좋은 수술 솜씨만 가지고는 안 된다. 환자 몸에 손을 올리지 않거나 움직임을 조심해 끝까지 무균을 유지하는 기본적인 행동 규칙에서부터 빠르게 상황을 파악하고 적절히 해결하는 판단력은 물론이며, 오랜 시간 자

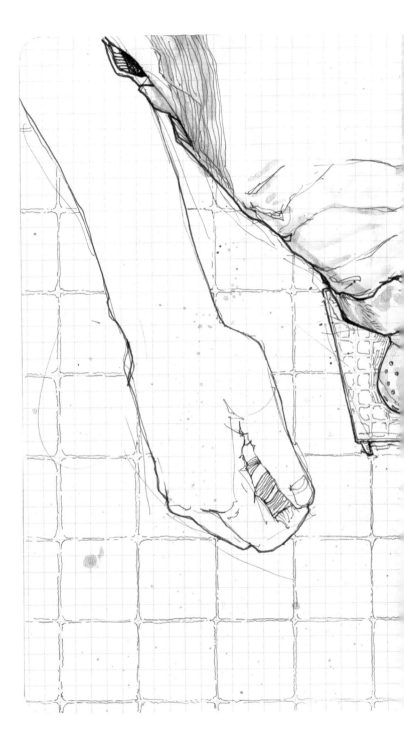

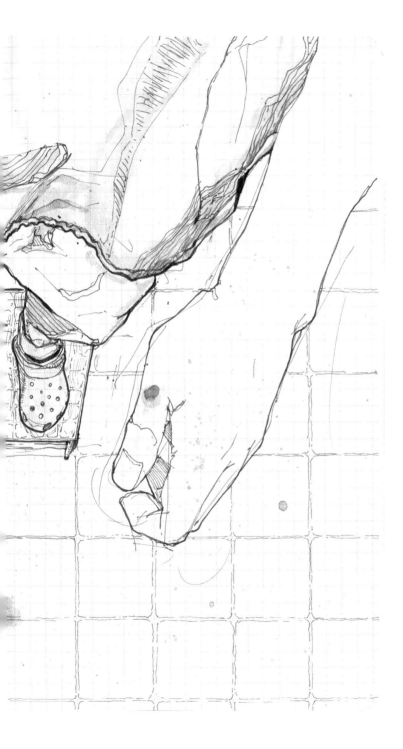

세를 유지하는 지구력까지 받쳐줘야 한 번의 수술이 무탈하게 끝난다.

지하철이나 엘리베이터 문에는 '기대지 마시오'라는 문구가 흔히 붙어 있다. 하지만 환자는 의사에게 기댈 수밖에 없고, 의사 역시 환자가 자신에게 기대는 것만큼 환자에게 의지해 살아간다. 수술 결과뿐 아니라, 의사를 웃으면서 바라봐주는 환자의 표정 하나로부터도 힘을 얻고 자신이 가고 있는 길이 옳다는 것을 확인한다. 의사만큼 잦은 후회와 깊은 회의를 경험하며 살아가는 직업이 어디 있을까 싶지만, 그때마다 환자에게 기대는 것은 틀리지 않은 일 같다. 다만 수술실에서는 기대지 말 것!

인생의 한 장이 넘어갑니다

어릴 때부터 나는 무언가가 끝나가는 느낌을 끔찍이도 싫어했다. 책을 볼 때도 오른손에 잡은 종이의 두께가 얇아지는 것이 너무 슬퍼 차마 마지막 장을 넘기지 못했고, 닳고 닳도록 보던 미국 드라마 〈프렌즈〉의 마지막 시즌 마지막 에피소드는 아직도 두 번 이상 보지 못했다. 카세트테이프의 자동 반전이 되지 않던 시절, 한쪽 면이 끝나면 그 뒤에 귀신 소리라도 녹음되어 있는 양 잽싸게 반대편으로 갈아 끼우곤 했다. 이런 성격의 소유자인 나는 음악적 취향도 분명해서, 분명하게 끝나는 곡보다 언제 시작한지도 언제 끝난지도 모르는 곡을 더 좋아했다. 무동력 비행기를 타고 저공비행하는 것 같은 곡. 그런 노래에는 필연적인 슬픔을 공유하는 느낌이 있었다. '다들 원래 그래. 그러니까 괜찮아.'

끝나는 것이 싫을 때 취할 수 있는 방법에는 몇 가지가 있다. 아예 시작하지 않거나, 끝나지 않을 것들을 시작하거나, 끝나는 부분

을 미리 알아서 그 전에 멈추는 방법. 어리석은 나는 주로 마지막 방법을 택했지만 항상 정신 차리지 못하고 그마저 때를 넘겨 어느새 마지막이 도래해 있었다. 정신을 바짝 차리지 않으면 귀퉁이의 페이지가 거의 다 넘어가버리는 책장처럼, 스르륵스르륵 흘러가는 내 시간들에 매번 놀라면서도 아직까지 마지막 장을 넘길 때 정신을 바짝 차리지 못한다. 이번 주도 어벙하게 보내는 사이 인생의 일곱 날이 지나갔다. 꼬박 일기를 쓰고 그림을 그려보지만, 글쎄, 먼지가 쌓일 때쯤이나 다시 펴보겠지? 그래도 아직 왼쪽으로 넘기지 않은 페이지들이 더 두텁다는 데 안심이 된다.

갈아 끼우던 수많은 무균 장갑, 수없이 찌르고 나 스스로도 찔렸던 주사기들, 자주 쓰는 만큼 의사 가운에 포인트가 되어주는 해머, 처음으로 일 끝나고 마셨던 몇 안 되는 맥주캔들, 하나둘 모아뒀던 페레로로쉐 초콜릿, 다시는 안 신을 줄 알았는데 벌써 네 켤레째인 크록스, 엄마에게 반지를 선물할 수 있었던 첫 월급, 그리고 그렇게 스르륵 넘어간 나의 20대.

30대 초반에 나는 치프가 되었고, 이제 또 몇 장을 더 넘기면 레지던트라는, 다시는 돌아올 수 없는 직업을 왼쪽 페이지에 둔 채 다른 삶을 시작할 것이다. 살면서 '금방 지나갈 거야'라는 이야기를 듣는 시간은 항상 긴 터널 같았다. 고3이 그랬고 레지던트가 그랬으며 앞으로도 그런 시간은 겹겹이 밀려올 것이다. 20대와 30대의 문턱에서 보낸 5년의 시간 동안 너무나 많은 일이 내 작은 눈앞에 왔다 사라졌지만, 결국 '감사함'이라는 한마디로 담을 수 있을 것 같다. '모두에게 감사드립니다. 감사할 줄 모르며 살았던 사람이 하는 말이니, 진심으로 받아들이셔도 될 것 같습니다.'

혈관과 신경의 아름다움

"평생과도 같은 하루를 시작하기 위해 기지개를 켭니다."

1996년 여름, 전 세계인의 마음을 풀 향기로 가득 채웠던 자연 다큐멘터리 〈마이크로코스모스〉에 나오는 한 구절이다. 마이크로 코스모스. 작은 우주.

신경외과 의사들에게 마이크로micro는 아주 친숙한 단어다. 실 가닥 같은 신경과 혈관들을 곰 같은 손으로 다뤄야 하기에 루페loupe라는 돋보기를 끼고 수술하거나 혹은 마이크로스코프 microscope라는, 수술방 한켠을 몽땅 차지하는 거대한 장비를 이용해야 한다.

두피를 까고(?) 두개골을 열고 나면 흔히 두부 같다고 알고 있는 뇌가 심장처럼 두근대고 있다. 사실 그 생김새는 두부보다는 적당히 찐 명란젓에 더 가까운데, 때로는 구석구석에 끼어 있는 지주막하출혈 때문에 화가 나 있기도 하고, 뇌를 싸고 있는 막에 생긴 종양 때문에 찌그러져 있기도 하는 등 다양한 표정을 지니고 있다. 마이크로현미경의 시간은 살아 있는 뇌가 보이는 이 순간부터 시작된다.

그림자 없이 수술 부위를 밝게 비추는 무영등(실제로는 귀찮을 만큼 자꾸 움직여서 그림자를 없애줘야 하지만)을 끄면, 어두컴컴해진 수술방에 마이크로현미경의 불이 그 아래로 반짝 켜진다. 고등학교 시간에 보던 현미경을 떠올리면 된다. 다만 그것보다 50배는 더 크다. 수술 부위 바로 위에 현미경을 위치시키면 기계가 알아서 자동으로 초점을 맞춘다. 오퍼레이터_{집도의}가 조절을 맞추고 나면 그다음 보조의가 잽싸게 본인의 스코프를 조절한다.

"스코프 맞췄습니다, 교수님."

보조의가 본인의 시야를 나지막이 최종 확인해주는 순간 마이크로 수술은 시작된다.

마이크로현미경을 통해 보는 영상은 신세계가 따로 없다. 머리털보다 가는 붉은 혈관들이 뇌를 감싸고 있고 뇌 주름 하나하나가 밭이랑처럼 굵게 보이기 시작하며, 뇌의 건강한 부분은 마이크로현미경이 내는 빛을 탱글탱글하게 반사시키고 있다. 조심스레 뇌의 주름을 조금씩 밀치고 나가면 어느새 머리 한가운데에 도달한다. 한때는 No men's land라 불렸던 곳. 사람이 갈 수도 없고 가서도 안 되는 곳의 복잡한 혈관과 신경들 사이로 수술 기구들이 오간다. 미세하게 떨리는 오퍼레이터의 손도 마이크로로 보면 거의 춤추는 수준이다. 그런데 신기하게도, 결정적인 순간에는 그 떨림이 멈춘다. 이게 연륜과 경험이구나 하고 잠깐 생각하는 사이 얼른 정신을 차리지 않으면 교수님이 원하는 곳에 물을 제때 뿌리지 못하거나 필요한 기구를 건네는 일이 늦어지기 일쑤다. 그래서 미세 수술이 끝나고 나면 다른 수술 때보다 훨씬 더 녹초가 된다. 하지만 그만큼 짜릿하기도 하다. 종양을 들어냈을 때, 뇌동맥류를 정확히 결찰했을 때, 튀어나온 디스크가 뼈 뒤에 숨어 있다가 걸려서 나올 때, 혈관을 연결한 뒤 피가 새지 않고 잘 흐를 때, 눈은 마이크로에 고정되어 있고 손은 이다음 교수님께 건네드릴 기구 위에 있지만 입은 씨익 웃게 된다. 성공했구나!

조너선 스위프트의 소설 『걸리버 여행기』는 실제로 우리가 어린 시절 아는 것보다 훨씬 더 긴 내용의 책이다. 주인공 걸리버는 잘 알려진 소인국뿐만 아니라 브롭딩낵이라는 거인국도 방문하게 되는데, 그곳에서 걸리버는 아무리 미남 미녀라도 모공이 훤히 보이고 피부의 주름 주름이 다 보여 역겹다고 말한다. 그러나 신경외과 수술방 안, 마이크로 아래의 세상은 아무리 확대해서 봐도 아름답다. 때로 종양이나 이상 혈관들이 무섭게 자리잡고 있지만 반짝반

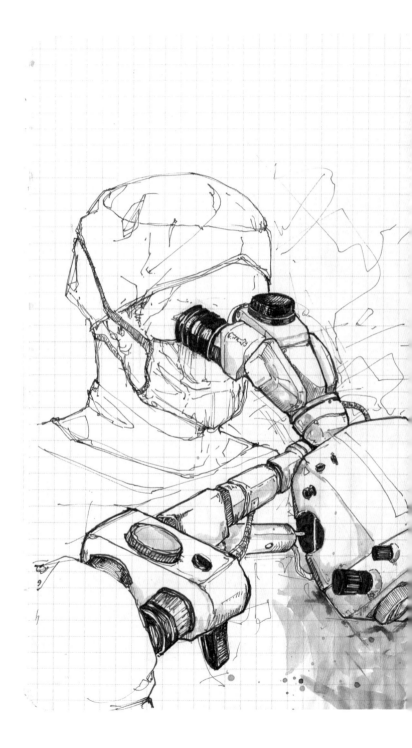

짝 빛나는 신경과 혈관들이 제 할 일을 열심히 하고 있는 것을 태어나서 처음으로 보게 되며, 어느덧 그 사이를 오갈 수 있게 된다. 살아 있는 사람의 뇌를 볼 수 있는 이가 세상에 몇 명이나 될까? 역시 신경외과 하길 잘했어.

엄마, 나 피곤해 보여?

수술로 가득 찼던 긴 일주일을 보내고 맞이한 일요일. 간만에 운동을 하고 시원하게 목욕도 했다. 오랜만에 멀리서 친구가 보러 온다기에 깔끔하게 머리도 자른 터였다. 병원 1층에서 달갑게 맞이한 친구가 첫말을 내뱉었다.

"많이 피곤하냐?"

'어라? 이게 아닌데…….'

중학교 야간반 선생님이었던 엄마는 오전 내내 육아를 하고 출근한 뒤, 밤 10시에 근무가 끝나면 외가댁에 있는 어린 나와 동생을 데리고 버스에 태워 집으로 돌아오곤 하셨다. 외가댁에서 버스 정류장까지는 깜깜하고 먼 길. 아무리 깨워도 잘 일어나지 않던 동생은 하는 수 없이 외할아버지 자전거 뒷자리에 태워서 가야만 했다. 어두웠지만 따뜻했던 그 시간을 지나 엄마는 혼자 몸으로 노력해 외가댁 근처에 우리 가족이 살 수 있는 아늑한 집을 마련하셨

지만, 당신의 피로만큼은 덜어내지 못했다. 먼 거리의 학교에 배정받은 중고등 학생 아들딸을 차 안에서 조금이나마 더 재우려고 아침마다 태워주어야 했기 때문이다. 엄마의 직장은 큰길에서 우회전이었지만 우리 학교는 좌회전. 하루도 거르지 않고 엄마는 우회전 대신 당연하다는 듯 좌회전 후 다시 유턴하는 길을 택했다.

그런 엄마 앞에서 피로를 말한다는 건 어불성설이지만, 아들인 나는 고향에 내려갈 때마다 응석을 부렸다. 의과대 공부하느라 피곤한 모습을 고스란히 보이고자 항상 제일 볼품없는 옷에 일부러 깎지 않은 수염을 달고 갔다. 그렇게 의대를 졸업하고 의사가 된, 이제는 어리지 않은 아들은 아직도 응석을 부린다.

"엄마, 나 피곤해 보여?"

그동안 몸 고생 맘고생 많이 했으니 이제 애쓰지 말고 편히 살아라 하시면서도, 들려주는 엄마의 이야기에는 항상 '하늘'이 있었다. 새벽녘 검은 하늘의 별을 보고 출근해서 밤하늘의 별을 보고 퇴근할 때 엄마는 그렇게 뿌듯하고 기분이 좋았다고 했다. 그래서인지 겨울 새벽에 콜을 받고 달려갈 때나 밤에 수술을 마치고 방으로 돌아올 때 나도 항상 하늘을 보는 것이 습관이 됐다. 검은 하늘을 보면 왠지 엄마가 보던 그때 그 하늘 같아서 나도 모르게 미소가 지어졌다. 나는 가로등 없이 어렵게 걸어가야 하는 논길도 없고, 잡고 들쳐 업고 가야 하는 자식도 아직 없으며, 돌아가는 집에 밀려 있는 설거지거리도 없다. 그러니 나는 피곤해도 그렇게 피곤하지는 않은 셈이다.

피곤해 보인다는 친구의 말이 그리 싫진 않았다. '피곤해서 어떻게 해?'보다는 '피곤할 만큼 열심히 살았구나'로 들렸기 때문이다. 별로 노력하고 살지 않는 나 같은 사람은 역시 걱정보다 인정認定이 더 고픈가보다. 좋다는 세안제로 빡빡 씻어도 절대 사라지지 않고 계속 피어나는 다크서클이 때론 흐뭇해 보이기도 하고 말이다. 그래도 하루 바빴으면 하루는 좀 쉬어가고 싶고, 힘들어도 마음이 가난해질 정도는 아니었으면 하는 생각이 드는 걸 보니, 아직 엄마를 따라가기란 멀었다.

엔도르핀은 올라올 수 있을 정도까지, 딱 거기까지만 힘들었으면 하는 바람으로 사는 하루하루. 당직의 나날들.

어둠이 있어야 안을 수 있어

인턴들은 1년 동안 대개 한 달에 한 과씩 돌면서 그 과에 속해 일을 하고 또 배운다. 의사로서의 자격은 주어졌지만 해당 과의 세부적인 일에 대해서는 경험이 없기에 인턴들의 업무는 채혈, 심폐소생술, 심전도 찍기, 간단한 문답 등 기본적인 내용으로 제한된다. 업무 내용만 제한되면 다행이겠지만 할 줄 아는 게 없다보니 여기저기서 무시를 당하기 일쑤다. 그러다보면 자존감도, 자신감도 떨어진다. 나도 똑같이 인턴을 경험했고 그래서 그 마음을 잘 알기에 인턴 선생들이 우리 과에 오면 동료로서 대하려고 애쓰고, 시간이 날 때마다 이런저런 이야기를 나누려고 한다.

인턴들도 일반 신입 사원들과 똑같다. 열심히 노력해서 들어온 직장이고, 취직했다는 그 자체만으로 무척 기쁘며 스스로가 대견하지만 막상 일터에서 업무가 잘 되지 않을 때는 괴롭다. 더군다나 다른 인턴들은 수월하게 하는 일을 나만 못 한다고 느끼면 정말 힘들다. 인턴은 1년 내내 평가를 받는 입장이고, 치열한 경쟁 속에 있어야 하기에 상대적 박탈감이 훨씬 더 자주, 그리고 강하게 다가온다.

"지난달에 오신 선생님은 수월하게 잘하는데 이 선생님은 너무 못 해요."

콧줄이 잘 들어가지 않아 식은땀 흘리며 낑낑대는 인턴 앞에서 보호자가 이런 말이라도 하면 그날은 육체노동에 감정노동까지 더해지는 날이다. 그러나 보호자를 탓할 수도 없는 게, 아파서 누워 있는 내 가족을 옆에서 보기만 해도 속이 상하는데 아무 탈 없이 잘 되어야 할 시술이 뜻대로 되지 않을 때, 인턴이 콧줄을 잘못 넣어 내 엄마가 식사 때를 놓치고 코 주변이 벌겋게 될 때, 간호사가 혈관을 잘 찾지 못해 내 아이 팔이 여러 번 찔릴 때 그 속은 어떻겠는가.

그래서 그런 날엔 인턴을 슬쩍 의국으로 부른다. 조금 조용해진 저녁 의국 의자에 앉혀놓고 "힘들죠?"라고 첫마디를 떼면 눈물부터 그렁그렁 내보이는 인턴들도 있다. 가만히 시간을 주고 이야기를 들은 뒤 역시 '망했던' 내 시절을 들려준다. 부디 지금 경험한 아픔을 이렇게 훗날 웃으며 이야기할 수 있기를 바라면서.

'아프니까 청춘이다'라는 이 아름다운 문구에 대해 수많은 사람

이 반감을 갖고 들고일어난 적이 있다. 아픔의 긍정이 아픔의 강요로 이어져서는 안 된다는, 명언의 뒤를 밝힌 그 뜻에 나도 공감하는 바이다. 그러나 나는 내 아픔에 대해서만큼은 긍정적으로 생각하고 싶다. 긁히고 튀어나온 곳이 있어야 누군가가 잡을 수 있고, 움푹 팬 곳이 있어야 누군가가 안길 수 있다. 다만 긁힌 부분을 손잡이로 만들기 위해, 팬 곳을 아늑한 소파로 만들기 위해 아픔을 이겨내는 것 이상의 노력이 필요하다.

레고는 빈 곳이 있어야 다른 레고를 끼울 수 있다. 서툴고 모자라고 꼼꼼하지 못한 나는 앞으로도 아무 상처 없이 살기는 힘들 것 같다. 그렇기에 그 아픔으로 다른 이를 안아줄 수 있는 사람이 되고 싶다.

나와 꼭 닮은 사람

아침 첫 수술은 오전 8시에 시작된다. 수술은 전신마취 후 메스가 환부에 닿는 데서 시작된다고 알고 있을 것이다. 그러나 마취가 된 채 누워 있는 환자에겐 비밀이지만, 우리에겐 수술을 알리는 또 하나의 신호가 있다. '음음' 하고 시작되는 교수님의 아재 개그가 진정한 수술의 시작을 알리는 종이다. 썰렁한 유머지만 신기하게도 긴장이 풀리고 시야가 넓어진다.

수술실은 전문의와 전공의가 가장 가까이 있을 수 있는 공간이다. 회진 때도, 아침 환자 콘퍼런스에서도 늘 엄하고 무서운 교수님들이지만 수술방에서 10센티미터 내의 거리로 얼굴을 맞대고 있다 보면 마음도 가까워지지 않을 수 없다. 수술이 한창 진행되면 눈은 미세 현미경에 고정되어 있고 두 사람의 손은 환자의 몸 위를 열심히 오간다. 그러나 지혈이 되기를 기다리거나 주사약이 들어가는 걸 보고 있어야 하는 시간이면 으레 시작되는 아재 개그는 "요즘 의국은 어떻나"에서 "내 때는 그랬데이"로 이어진다.

　옛날이야기 속 교수님 전공의 시절은 지금 내가 겪고 있는 것과 비슷하면서도 전혀 다른 나라 일 같기도 하다. 나도 힘들었던 날들을 무용담처럼 떠벌릴 때가 있지만 교수님들에게는 명함조차 못 내민다. 사흘을 꼬박 새운 뒤 걸어가며 졸았던 이야기나, 선배에게 들키지 않고 몰래 자기 위해 린넨실^{환자용 이불이나 가운을 모아두는 곳}에 들어가 새우잠을 자던 일, 아침에 걸 엑스레이 사진을(불과 몇 년 전만 해도 지금처럼 컴퓨터로 사진을 보지 않았다) 찾기 위해 새벽에 영상실 문을 두드리다 안 돼 발로 부순 일, 의사들의 의견이 첨예하게 부딪치는 응급실에서 시원하게 욕설을 날린 뒤 위 연차에게 잘했다고 격려받은 일 등. 뿐만 아니라 실수한 것이나 우스운 일들까지, 그때도 다 있었고 지금과 아주 닮아 있다.

　추억과 기억으로 이어지는 교수님들의 이야기에는 따뜻함이 묻어 있다. 그리고 거기엔 희한하게도 나의 현재, 과거, 미래가 얼핏 비친다. 힘들면 괴롭고, 괴로우면 외로운 일터에서 내 닮은 꼴과 만나는 것은 반가운 일. 잠깐이지만 나는 어떤 길을 걸을지 머릿속으로 떠올려본다. 우스갯소리가 지나가고 수술이 막바지로 접어들 때면 아침에는 멀게만 느껴졌던 교수님도 어느덧 아빠처럼 든든하다. 나도 저렇게 할 수 있을까 싶으면서도, 꼭 저렇게 되고 싶다는 마음.

　투박하고 거칠어 때로는 내가 처음 내는 길 같고 나만이 제일 힘든 길을 골라 가는 것 같지만, 사실 잘 보면 누군가가 이미 걸어간 길 위를 걷고 있다.

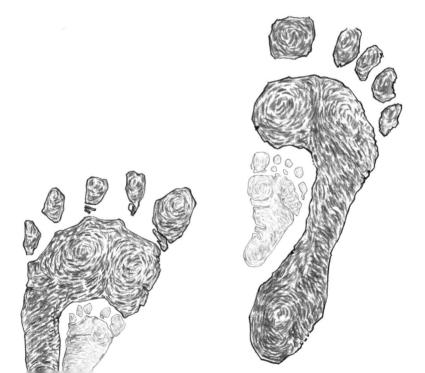

불 끌까요?

서로의 팬티 색만 봐도 누구 것인지 구분하는 사람들이 있다. 문고리가 열리는 소리와 사무실 바닥을 디디는 발소리만 들어도 누가 들어오는지 아는 사람들이 있다. 바로 신경외과 전공의들 이야기다.

끼익끼익. 새벽녘, 이층침대 사다리 밟는 소리가 들린다. 누우면 곧바로 잠들고 일어날 때 화들짝 깨는 습관이 들어버린 레지던트 2년차 시절. 그 정도 소리만 해도 잠에서 충분히 깨어날 법하지만 나는 잠깐 더 누워 있다. 웅얼웅얼거리는 전화 소리와 함께 의국 문이 열렸다가 다시 닫힌다. 문이 열린 틈새로 밝은 불빛이 새어들어와버렸지만 이미 깨버린 잠이기에 별 상관은 없다. 이중 철문이 끼익하고 열렸다가 쿵 하고 닫힐 때쯤, 나는 늘 그 자리에 있는 크록스를 신고 일어나 컴퓨터 앞에 앉아 응급실 환자 목록을 열어본다. 앞서 들린 전화벨은 보나 마나 응급실 콜로, 1년차 선생님은 환자가 도착했다는 노티를 받고 지금쯤 응급실 문을 열고 있을 것이다. 아니나 다를까, 열어본 응급실 목록에는 R/O NS^{신경외과 환자 추정}로 적힌 환자가 있다. 차트를 읽어보니 환자가 잠든 뒤 어딘가 낌새가 이상해 보호자가 흔들어 깨워도 반응이 없어 구급차를 타고 온 모양이다. 내원해서 찍은 CT엔 하얀색 덩어리가 뇌 안에 자리잡고 있다. 자발성 뇌출혈이다. 1년차 선생님이 환자를 보러 간 동안 2년차의 몫은 멍하니 의국에 앉아 CT만 보는 것이 아니다. 1년차의 동선을 상상하며 그 뒤를 준비해야 한다. 수술이 필요한 환자라면 교수님께 어떻게 알려드려야 하는지, 준비해야 할 것들은 뭔지, 현재 수술은 가능한지 등등을 고려하기 시작한다. 목적은 같지만, 하는 일은 다르고, 그렇지만 서로 합이 꼭 맞아야 문제가 발생하지 않는다. 그러니까 이와 혀와 입술이 협력해서 밥을 먹는 것과 마찬가지다.

매년 때가 되면 이듬해에 내 일을 할 후임을 뽑아야 한다. 때로는 여러 명이 지원하기도 하고 때로는 단 한 명만 지원하지만 어쨌든 그는 선택받은 자가 되어 함께 일을 한다. 그때부터 우리는 가족이다. 연차에 따라 차이는 있지만 어찌됐든 피를 나눈 가족보다 더 많이 보고 더 많은 이야기를 나누며 더 많은 감정 교류를 하는 것이 신경외과 전공의들이다. 아침부터 다다닥 화를 내고 고개 숙이다가도 박장대소하면서 같이 저녁 먹는 사이. 어제 저녁에 회식 자리에서 웃고 떠들다가도 오늘 아침 피곤에 전 얼굴로 서로에게 안부보다 먼저 환자 상태를 묻는 사이. 자면 퇴근이고 일어나면 출근이기에 잘 잤냐는 인사는 서로 하지 않는 사이. 신경외과 의사들은 이렇게 끈끈한 것은 넘어 찐득찐득한 팀이 되어 4년을 보낸다.

어느 고요한 금요일 오후. 수술이 없어 간만에 모두 의국에 모여 담소를 나눈다. 지금 우리 선생님들을 만난 건 행운이라고 생각하며 물끄러미 그들의 뒤통수를 바라본다. 그들이 나와 다르게 생각한다면 물론 서글픈 일이겠지. 헤어진 연인이 그리운 까닭은 그 사람에 대한 마음보다 그 사람과 함께 보낸 시절의 나에 대한 향수 때문이라는데, 내 20대의 마지막이 모조리 묻어 있는 이 사람들이 싫거나 지겨울 리 없다. 내 못난 모습을 모두 바짝 붙어 지켜본 이들이기에 더는 가릴 것도 없다. 동료지만 동료가 아닌 우리 사이. 앞으로 어디서 어떻게 또 만나게 될까를 생각하면 왠지 뭉클하다. 교수님께 혼난 게 서러워 고개 숙이고 있으면 괜히 기분 좋은 말 한마디 던지고, 환자한테 맞으면 같이 씩씩거려주고, 뭐 먹자고 하면 배 안 고파도 배고픈 척 같이 먹어주고, '불 끌까요?' 하고는 이런저런 이야기 나누다가 잠드는 사이 선배는 치프가 되고 후배는 2, 3년차가 되어간다.

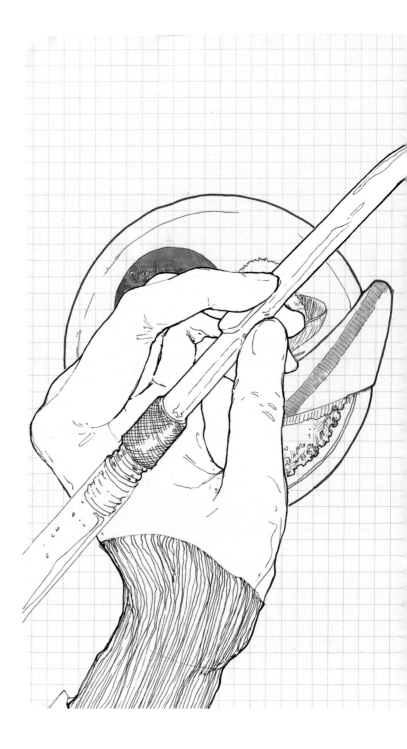

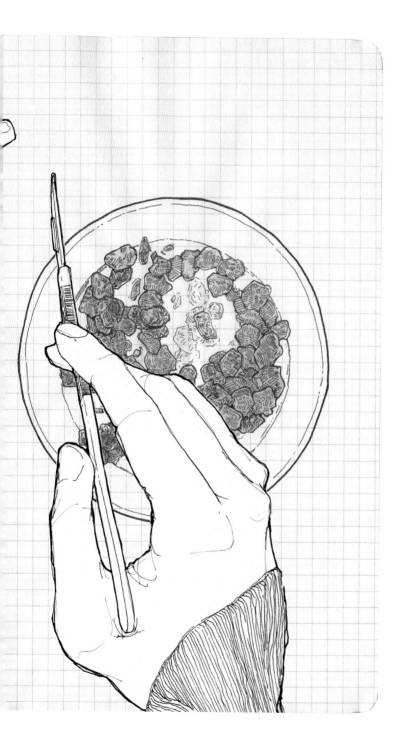

"선생님, 뭐 드실래요?"

이런저런 상념에 잠겨 있는 동안 아침을 꼭 챙겨 먹어야 하는 1년
차가 돌아보며 씨익 웃는다. 한 명은 햇반이 꼭 있어야 하고 다른
한 명은 우유에 콘푸로스트를 잔뜩 부어 먹는다. 입맛이 달라도
괜찮다. 이렇게 같이 아침 먹고 쓸데없는 이야기를 하다가 점심에
서로 불만이 좀 쌓여도 괜찮다. 우리는 서로가 서로를 선택한 사이
이고, 선택한 길이 동일한 사람들이니까.

대구 촌놈의 마산 수련기

어릴 적 아빠 차 뒷좌석 시트 가운데에는 꺼낼 수 있는 손잡이가 있었다. 일곱 살짜리였던 나는 그 보물함 같은 곳을 낑낑대면서 잡아당기곤 했는데, 이유는 손잡이에 달린 뚜껑을 열면 달콤한 캐러멜이 들어 있었기 때문이다. '마산 땅콩카라멜'이라 적힌 투명하고 작은 비닐에 싸여 있는 갈색 보석 같은 캐러멜은 세 개고 네 개고 먹어도 질리지가 않았다. 팔공산과 비슬산 병풍이 둘러싼 천혜의 분지에 살던 대구 토박이는 도대체 마산이란 곳이 어디기에 이런 맛있는 걸 만들어 파는지 궁금했다. 그곳은 브리태니커 세계지도에도 나오지 않는 미지의 세상이었다.

몇 년 뒤, 마산에 잠깐 살았던 고모할머니의 증언은 내가 마산을 더욱 신비로운 곳으로 상상하게 만들었다. 맞는 사실인지는 지금도 확인할 길이 없으나, 기억에 의하면 바다가 있고 배가 많으며 (그러니까 약간 베트남 같은 느낌), 작은 배들로 투어를 할 수 있는데 그러다보면 바다에서 곰도 튀어나오고 상어도 튀어나온다고 했다. 이런저런 신화적 편집이 더해져 정점에 달했던 나의 마산에 대한 로망은 그러나 10여 년 뒤 거품 꺼지듯 가라앉고 말았다.

내가 다니던 의대가 소속된 병원은 서울 말고도 지방에 하나 더 있었는데 그게 바로 마산이었다. 그때 이미 마산은 통합창원시 안의 마산구로 편입되어 있었다. 파견 수업 때문에 내려간 마산은 일곱 살 아이가 캐러멜을 먹으며 상상하던 곳과는 달랐다. 여느 도시와 다름없이 건물들이 즐비했지만 다 자라버린 나에게 그 건물들은 좀 촌스럽고 낡아 보였다. 바다가 있긴 했으나 해변가가 없는 점이 심심하게 여겨졌고, 할머니 이야기 속 작은 배나 곰, 상어는 눈을 씻고 찾아봐도 없었다. 게다가 마산 사람들은 마산 땅콩카라멜이 뭔지 모르고 있었다!

한 주 남짓한 수업이었기에 딱히 주변을 거닐 시간도 없이 서울로 올라와야 했던 나는 그 뒤 4년이 흘러 다시 마산의 병원으로 돌아오게 된다. 고향과 가까운 곳들 중 그래도 모교의 향기가 나는 이곳이 친숙했기 때문이다. 그리고 이곳에서 인턴생활을 시작했고 마침내 신경외과 의사가 되었다. 그제야 나는 마산과 창원을 제대로 둘러보기 시작했다.

마산은 생각보다 꽤나 매력적인 곳이었다. 넉넉하지 않았던 인

턴 오프 때 나는 한 곳 한 곳 둘러보며 마산을 익혀나갔다. 가볍게나마 인상을 적어보면 이렇다. 마산의 바다는 부산의 그것과는 달리 더 조용하고 고즈넉하다. 작은 파도를 아래에 두고 라면을 끓여 먹을 수 있는 곳이 마산 앞바다이다. 그리고 그 앞바다를 바라볼 수 있는 미술관과 도서관이 있다. 회를 못 먹던 내가 회 맛을 알게 된 곳이 마산 어시장인데, 시장 주변에는 바랜 건물들이 근대와 현대의 미싱링크처럼 남아 있어 분위기가 남다르다. 경공업이 성장하면서 함께 발달했던 이 도시는 그 흥망성쇠를 건축물들이 고스란히 간직하고 있어 어디서도 보기 힘든 투박한 선들의 묘한 집합체가 되었다. 일제강점기와 그 이후, 5대 항구도시 중 하나로 성하던 때부터 마산의 번화가였던 창동은 현재 예술촌으로 바뀌어 그 명맥을 이어가고 있다. 홍대 혹은 서촌처럼 친근하다거나 소비지향적이진 않지만 흰머리 질끈 묶고 조용히 붓질하는 연로한 작가분들은 언제 봐도 행복해진다. 여느 항구도시가 그렇듯 두고두고 커피를 마시고 싶은 멋진 카페들이 숨어 있기도 하고, 통합시가 된 지금은 툭툭 들어오는 새로운 볼거리와 먹거리들이 눈과 입을 즐겁게 해준다. 비록 투어할 수 있는 작은 배와 곰과 상어는 없지만 그래도 나에게 마산은 매력적인 곳이 되어가고 있다.

인턴생활을 하던 어느 날, 바삐 병원 계단을 오르락내리락하는

데 병원 밖 풍경이 눈에 들어왔다. 마산의 건물들이 보이고 굴뚝에 연기가 나는 틈새로 하늘도 보였다. 문득 그런 생각이 들었다. 저 밖에 보이는 풍경이 뉴욕인들, 서울인들, 마산인들 무슨 상관이 있겠는가. 그건 기분 좋은 체념이었다. 바쁘다는 건 그만큼 나를 필요로 하는 곳이 있다는 것이고, 뛰어나진 못해도 뭔가 잊을 만큼 잘 살아가고 있다는 것이다. 원래 대구 촌놈이었던 내가 서울에서 고작 몇 년 살았다고 의대 졸업 후 거주지 변경에 노심초사했다는 게 한심하게 여겨졌다. 햇수로 5년을 보낸 마산은 이제 내게 매력이 철철 넘치는 도시다. 더 소중한 건 이제 어느 곳을 가든 마산에 대해 애정을 품듯 그런 눈을 갖게 되었다는 것이다.

손 위에 올려진 무게

집에 들르니 동생이 옷과 한바탕 씨름을 하고 있었다. 새로 산 옷의 가격표가 잘 뜯기지 않는 모양이었다. 돌아온 탕아처럼 아주 오랜만에 집에 온 나는 생색을 내듯 책상 서랍에서 가위를 가져와 플라스틱 끈에 댔다. 수없이 잘라본, 몸을 가로지르는 수술용 실을 떠올리며 가위질하려는 순간 동생이 약간 조롱을 띠며 묘한 감탄을 내뱉었다.

"오, 서전!"

응? 순간 손을 보니 내가 가위를 희한하게 잡고 있는 게 아닌가. 보통 가위의 두 구멍에 넣는 손가락은 엄지와 검지인데 나는 엄지와 중지를 이용해 가위를 잡고 있었다. 검지는 쭉 뻗어 가위의 교차점에 대고 고정한 채로. 이제 막 인턴이 되어 각 과의 1년차 선생님들이 퍼붓는 질타를 받아내며 살아가는 동생에게는 집에서 가위질할 때조차 수술 포즈를 잡는 내가 아니꼽게 보였을 것이다.

탁! 하고 플라스틱 끈이 끊겼다. 수술용 실을 끊을 때도 이렇게 한 번에 끊거야 제맛이지 지저분하게 여러 번 자르면 별로다. 문득 가위질하는 몇 초 안 되는 시간 동안 실이 끊어지길 기다리며 나를 탐탁지 않게 바라던 선배들의 얼굴이 떠오른다.

나의 추억이자 동생의 쓰디쓴 현재인 수술방에서의 커팅cutting을 굳이 동생에게 떠올려주려 한 것은 아니다. "절대 수술만큼은 하지 않을 거야!"라고 외치던 학창 시절이 이제는 어색할 만큼 '서전'으로서의 시간이 꽤 흘렀지만, 새삼 내 몸에 길들여진 의사로서의 자세를 보니 감회가 없지 않다. 무언가에 익숙해지는 데 걸리는 시간은 어느 정도일까? 익숙해지는 것의 대상이 행위냐 사람이냐 사물이냐 혹은 공간이냐에 따라 달라지는 것일까?

포시럽게 자라온 나는 뭐든 익숙해지는 데 남들보다 더 많은 시간을 필요로 했다. 그렇기에 아무리 여행이 좋다 해도 집만 한 곳을 찾지 못했고, 사람을 믿는 데도 시간이 오래 걸렸으며, 맘에 드는 옷을 사놓고도 먼저 입던 옷이 해져야만 눈길이 갔다. 그런 내가 불과 4년, 수술방에 정식으로 어시스턴트assistant 보조의로 들어간 지 2년 만에 20년 동안 해오던 가위질 습관을 바꿔버렸다. 내가 느낀 감회엔 놀라움과 신기함, 흥미로움과 두려움, 기대감과 의아함, 그리고 알 수 없는 한숨이 섞여 있었다.

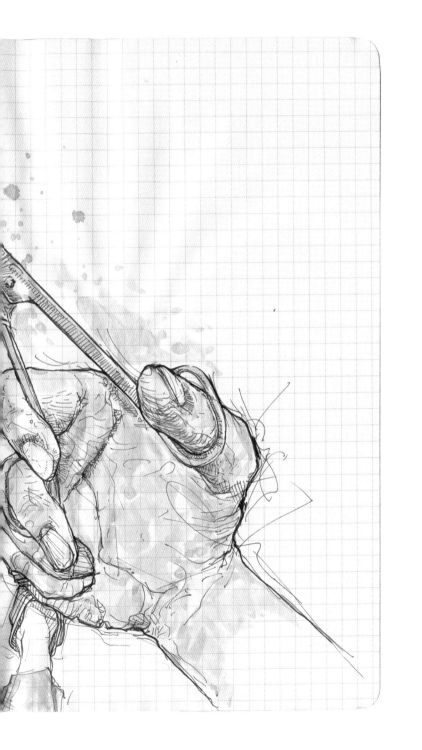

서전의 손 위에 올려진 사람 생명의 무게는 굳이 다른 이들이 말해주지 않아도 신경외과 전공의 스스로 느끼며 성장해나간다. 1년 차 때는 병동 환자의 상태가 나빠져 중환자실로 내리기만 해도 자책, 2년차 때는 중환자실에서 사망 선언을 할 때마다 자책, 이제 좀 숨 돌리나 했더니 3, 4년차가 되어서는 수술에 들어간다. 디스크 수술을 받은 환자의 수술 부위에 피가 찬다거나, 머리 안의 종양을 제거한 환자에게 뇌경색이 생기면 보조의로서 무엇 하나라도 잘못한 것 같아 자책이다. 그 무게를 차마 이기지 못하고 중도에 전공의의 길을 포기한 의사들도 있다.

"피 보는 거 무섭지 않아?" 하고 친구들이 물어보지만, 사실 훨씬 더 무서운 건 그 손 위의 무게다. 어쩌면 짧은 시간에 많은 것이 몸에 밸 수 있었던 까닭도 그 무게 덕이지 않을까.

무사히 동생과의 합동 수술(?)이 끝난 후 물끄러미 가위를 잡은 손을 바라본다. 몇 번 허공을 잘라보기도 하다가 흰 웃음을 지으며 가위를 내려놓는다.

인턴들의 100일 당직기

예전에는 100일 당직이란 관례가 있었다. 한 해가 지나 인턴들의 과가 결정되면, 그때부터는 자신이 곧 속하게 될 과에서 일을 배우기 시작한다. 100일 당직이란 일종의 통과의례로, 과가 결정된 인턴이 그곳에 소속돼 100일 동안 병원에서 먹고 자며 당직을 서는 것을 말한다. 일반 회사의 야근과는 달리 의사의 당직은 24시간 근무이기에, 100일 당직을 서는 동안은 정말로 병원 바깥을 구경할 수 없다. 심지어 기숙사에 짐을 가지러 가는 것도 허락받아야 할 정도다. 의국에서 먹고 자고 일하며 100일을 곰처럼 보내면 그제야 사람 구실을 좀 할 수 있다고 보는 것이다. 비윤리적이며 비인간적인 인습이라고 해서 이제는 찾아보기 힘들어진 100일 당직은, (비록 기간은 다소 차이가 있더라도) 불과 몇 년 전만 해도 어느 과 어느 병원에서든 위용을 뽐내며 인턴들을 지레 겁먹게 했다. 물론 나도 100일 당직의 시절을 거쳤다.

100일 당직은 긴 잠수와 같다. 입수하기 직전은 겁나지만 막상 들어가보면 물속에 펼쳐지는 신세계에 시간 가는 줄 모르듯이, 의국에서 먹고 자는 것이 꼭 엠티 온 것 같은 기분이 들게도 한다. 더군다나 병원의 '먼지' 시절을 벗어나 '○○과 의사입니다'라고 당당히 말할 수 있어 어깨에 힘이 들어가는 시기이기도 하다. 이때 신경외과 의사는 삭도부터 기관 삽관, 혈관 확보, 기관 절개 등 간단한 처치를 배우고, 1년차 선생님을 따라다니며 신경외과 의사가 지녀야 할 자세와 업무 처리하는 법, 환자 보는 법, 보호자를 상대하는 법, 그리고 의사가 아닌 다른 직군의 사람들과 소통하는 법을 배운다. 현재 내 면담 기술이나 신경외과의로서의 자세도 모두 인턴 시절 1년차 선배님에게 배운 것이다.

잠수가 길어지면 숨이 차오르고 이내 괴로움이 밀려온다. 100일이 몇 주 앞으로 다가올 때쯤 역시 알 수 없는 괴로움이 슬며시 찾아온다. 바깥소식이 궁금하기도 하고, 사복으로 갈아입고 커피 한 잔 마시고 싶기도 하며, 의사나 간호사, 환자나 보호자가 아닌 일반인(?)을 만나고 싶어진다. 100일 당직의 끝이 다가오면 괴로움이 더해지는 속도는 기하급수 곡선을 따른다. '내가 무슨 부귀영화를 보겠다고 이런 과를 택했나' 하는 후회가 밀려올 때쯤. 파— 하고 100일 당직이 끝난다.

100일 당직이 끝나는 날 동시에 입국식이 열린다. 그러니까 100일을 꾹 참아내면 이제 진정한 신경외과 일원으로 인정받는 것이다. 쏟아지는 축하와 함께 다가오는 축하주 때문에 신경외과 가족이 된 첫날부터 인사불성이 되긴 하지만. 물론 퇴근 한 번 없이 그렇게 신경외과의 삶에 몸과 마음을 적시는 것을 낭만적으로만 볼 수는 없다. (원래 지나간 길이야 돌아보면 아름답게만 보이지만.) 그래서 요즘은 신경외과는 물론 각 과를 불문하고 100일 당직은 사라져가는 추세다.

아래 연차 선생님이 무사히 100일 당직을 마쳤다. 데면데면하게 인사하던 사이에서 옷 갈아입을 때면 허연 엉덩이를 보는 사이가 되기까지는 그리 오랜 시간이 걸리지 않았다. 그렇지만 100일 만에 신경외과 의사로 탈태하기 위해 우리 아래 연차 선생님, 무던히도 고생했다. 데리고 다니며 직접 봐온 나이기에 그가 얼마나 고생했는지, 또 힘든 와중에도 얼마나 자신의 일을 묵묵히 해냈는지 알고 있었다. 100일 당직의 끝이 다가오는 어느 날, 나는 그 고생에 대한 격려의 마음을 담을 선물을 준비하려고 물었다.

"선생님, 무슨 색깔 좋아해요?"

중요한 일에만 매는 넥타이만큼 좋을 선물은 없을 거라 생각한 나는 몇 가지 답안을 상상하며 질문을 던졌지만, 돌아오는 답변은

나를 깜짝 놀라게 했다. 늘 묵묵히 일만 하던 그의 답은 이랬다.

"색이요? 음, 선생님 혹시 그거 아세요? 지금처럼 해질녘 저녁 하늘을 보면 붉은색이 점점 사라지고 파란색이 서서히 차오르잖아요. 저는 그 색이 참 좋더라구요."

그 말을 듣자마자 빨강 파랑 넥타이 따위는 머릿속에 들어오지도 않았다. 나는 함빡 웃으며 그를 와락 안았다.

"내 사람이 들어왔네!"

황혼 아래 두 시커먼 남자의 포옹이 이뤄졌다. 물론 한 명은 당황하고 다른 한 명은 신나서 어쩔 줄 몰라 했지만.

나는 이런 감성 있는 사람이 좋다. 좋아하는 것을 물었을 때 그에 대한 답변을 생각하는 것이 아니라 자신이 정말 좋아하는 것을 머리에 둥실 떠올리는 사람. 자신의 감성을 타인에게도 적용시킬 줄 아는 사람. 힘들면 힘든 티를 내고 어려우면 어려운 티를 내는 사람이 좋다. 사랑스러운 내 아래 연차 선생님은 내가 부족한 순간마다 묵묵히 그 구멍을 메꿔주며 나와 함께 걸어왔고 이제 곧 치프를 앞두고 있다. 부디 내가 얻은 것 이상으로 많이 얻었기를 바란다. 그래서 신경외과를 하기로 한 순간을 떠올릴 때 '그래, 결국에는 잘한 거야'라는 생각을 함께 할 수 있기를.

향해의 시작

이것은 나의 작은 항해 일지다. 국가로부터 의료 허가를 받고 출항한 뒤, 선원이 되어 배를 닦는 일부터 시작해 1년 뒤 정식 선원이 된 이후로 신경외과라는 해협을 4년간 항해하며 기록한 일지. 인생이라는 긴 항해에서 그저 지나갈 뿐인 좁은 해협인 줄 알았던 그곳은 사실 어마어마한 대해였고, 나는 뭍에서는 한 번도 본 적 없는 풍랑과 파도를 만나야만 했다. 변덕스러운 날씨와 도무지 종잡을 수 없는 자연 앞에서 그저 외롭지 않기만을 바랐는데, 돌아보니 나는 내 배의 선장일 뿐 수많은 이가 함께 배를 몰아주고 있었다. 감격의 눈물과 깊은 자괴감, 이따금 찾아오는 희열과 또 그만큼의 좌절이 바다의 날씨만큼 복잡다단하게 뒤섞인 이 일지는 누군가에겐 아무 의미 없는 종잇조각일지 몰라도 내겐 다른 무엇보다 귀하다. 말미에 짧은 몇 줄을 발췌해본다.

저기 신경외과 응급 환자가 지나간다. 가운을 휘날리며 옆에 함께 가는 의사는 신경외과 선생님이겠지. 멋있다. 아무래도 조금 더 뜨거운 길을 걸어보고 싶다. _2013년 모월 모일

신경외과를 하기로 했지만 100일 당직은 역시 힘들다. 함께 고생한 1년차 선생님이 말했다. "조금만 참으면 오프 나갈 수 있어." _2013년 모월 모일

일주일에 두 번만 퇴근하는 1년차는 역시 녹록지 않다. 그렇지만 피곤함보다 더 자주 찾아오는 건 자괴감이다. 일이 잘 안 되고 놓치는 것이 너무 많다. 중환자실을 담당하는 2년차 선생님이 말했다. "이제 내년이면 응급실 당직 안 서도 되겠네? 원래 신경외과 1년차가 세상에서 제일 힘든 일이다. 잘 견뎌내." _2014년 모월 모일

내 이름을 단 환자의 수는 확 줄었다. 그렇지만 모두 중환자실에 누워 있는 사람들이다. 병동과는 다르다. 하루에도 몇 번씩 챙기지 않으면 이내 문제가 생긴다. 수술하기 시작한 3년차 선생님이 말했다. "욱이도 이제 내년이면 수술방 들어가겠네. 중환자 보기 힘들어도 많이 배워둬. 수술하기 시작하면 또 다른 재미가 있다." _2015년 모월 모일

3년차가 되어 척추 수술의 보조의가 되었다. 길었던 수술을 마치고 의국에 들어오니 치프가 말했다. "1년 뒤면 치프다. 쉴 수 있을 때 많이 쉬어두도록 해." _2016년 모월 모일

대장치프이라는 명찰을 달고, 1년 365일 응급 수술이 생기면 수술방으로 뛰어 들어가야 하는, 언제나 병원에서 30분 거리 안에 있어야 하는 4년차가 되었을 때, 의국을 곧 떠날 4년차 선생님이 말했다. "치프 마음은 치프밖에 모른다. 외롭겠지만, 그만큼 많이 배우는 자리다. 넌 잘할 거다. 힘들 땐 연락해." _2017년 모월 모일

나는 이제 4년차 여름을 보내고 있다. 전공의로서는 마지막 여름. 그 여름이 저물고 꺼진 에어컨의 찬바람 대신 가을 추위가 슬그머니 찾아올 즈음이면 이제 대장 자리를 이어받을 내 아래 연차 선생님에게 들려줄 이야기를 떠올려야 한다. 그리고 나 역시 두껍게 넘어가는 인생의 페이지를 뒤로하고 다가올 것들을 준비해야 한다. 두려움보다는 기대감이 좀더 큰 것을 보면, 지나온 시간은 결국 내 편이었다.

내가 매일 만지는 뇌세포의 두께는 1마이크로미터, 6세면 그 성장이 거의 완료되며, 머리를 다치거나 뇌출혈이나 뇌경색 따위를

겪지 않는다면 뇌세포는 우리가 눈감을 때 함께 삶을 마감한다. 그렇지만 그 세포는 그렇게 그저 누군가의 머리 안에서 잠시 살다 가기 위해 태어나지는 않았을 것이다. 수많은 추억을 기억중추에 저장하고, 감정을 받아들이며, 행동을 지시하는 제 역할을 다하고 가는 것이다. 내 손 아래 환자의 뇌세포나, 내 머릿속의 뇌세포나 몽땅 마찬가지다. 막 태어나 머릿속에 자리를 잡아갈 때부터 함께해 온 이 녀석은 어쩌면 내가 기억해내지 못한 많은 것을 다 기억하고 있을지 모른다. 정말 사랑했던 이가 나를 바라볼 때의 눈빛, 어린 나를 품에 안고 사셨던 할머니와 할아버지의 냄새, 서로 꼭 붙어 함께 손잡고 자라온 동생의 웃음소리, 그리고 내가 나를 믿지 못했던 순간에도 언제나 나를 믿음으로 감싸 안아주시던 엄마의 체온. 이 모든 감각을 기억한 채 이제 내 뇌세포는 운동중추에 전기 신호를 전달하려 한다. 그 신호가 어디로 어떻게 향할지는 아직 모른다. 그렇지만 이 정도 시간을 견뎌낸 신호라면, 이 정도 마음을 기억하고 있는 신호라면 어디로 향하든 결국에는 가장 나다운 곳으로 향하리라 믿는다.

항해의 끝은 뭍이지만 내 항해의 끝은 또 다른 바다의 시작임을 믿는다.

병원의 사생활

수술대 위에서 기록한 신경외과 의사의 그림일기

ⓒ 김정욱

| 1판 1쇄 | 2017년 9월 5일 |
| 1판 6쇄 | 2021년 9월 15일 |

지은이	김정욱
펴낸이	강성민
편집장	이은혜
마케팅	정민호 김도윤 방선영
홍보	김희숙 함유지 김현지 이소정 이미희 박지원

펴낸곳 (주)글항아리 | 출판등록 2009년 1월 19일 제406-2009-000002호

주소 10881 경기도 파주시 회동길 210
전자우편 bookpot@hanmail.net
전화번호 031-955-2696(마케팅) 031-955-1936(편집부)
팩스 031-955-2557

ISBN 978-89-6735-439-8 03810

잘못된 책은 구입하신 서점에서 교환해드립니다.
기타 교환 문의 031-955-2661, 3580

www.geulhangari.com